MW00656920

Dios tenía miedo

Vanessa Núñez

La Pereza Ediciones

www.lapereza.net

ISBN-978-1-62375-140-1

Diseño de la colección
Estudio Sagahón / Leonel Sagahón
www.sagahon.com

Dios tenía miedo

Vanessa Núñez

Para Valeria y Mariana: un trozo de nuestra historia

En El Salvador la violencia no será
tan sólo
la partera de la Historia.

Será también la mamá del niño-pueblo,
para decirlo con una figura
apartada por completo de todo paterna-
lismo.

Roque Dalton, *La violencia aquí*

Prólogo

En esta obra de escritura limpia, clara y directa, Vanessa Núñez nos ofrece una perspectiva que, de manera detallada y precisa, nos aporta un redescubrimiento de la guerra con una serie de detalles históricos de la violencia que se vivió en El Salvador en los años ochenta del siglo XX.

El Salvador es un país donde las manifestaciones de violencia se encauzaron dentro del conflicto armado salvadoreño que fue tomando auge a finales de los setenta y se consolidó en la guerra civil salvadoreña enmarcada dentro de los años de 1980-1992. En una guerra como esta que se vivió en El Salvador, los afectados fueron todos los ciudadanos; sus víctimas muchas veces se encontraban relacionadas entre sí dentro de los diferentes grupos sociales existentes.

Dios tenía miedo no es solo una ficción que nos habla de una guerra, sino es una novela social apartidista, cargada de momentos históricos que se exponen a través de una joven que en cierto modo representa a la misma escritora redescubriendo ese pasado de la guerra que es tan presente en su vida debido a la misma ausencia que de esta tuvo. Desde el primer capítulo de esta novela se descubre una verdad entretejida con una ficción que podría haber sido la verdad de cierta parte de la población salvadoreña, borrándose así la línea divisoria entre los hechos reales y los imaginarios. Cuando el lector empiece a leer esta obra, tendrá dificultad en soltarla de sus manos. En ella va a encontrar una historia que jamás se había contado antes; se dará cuenta que la guerra de El Salvador tuvo diferentes rostros según la situación geográfica de los ciudadanos. Siendo esa una de las razones por la que la guerra civil salvadoreña no nos afectara a todos de la misma forma, a pesar de que fue un hecho que se sintió en todo el país, pero no todos los habitantes se enteraron por igual sobre la magnitud de ella.

Dios tenía miedo, abre la brecha a la investigación que una joven emprende sobre este conflicto armado. Para los salvadoreños que fuimos tocados por esta violenta guerra civil, ya sea por haber vivido en El Salvador antes de la guerra, durante la guerra o en el tiempo de post guerra, vamos a encontrar una gran naturalidad el enmarcarla dentro de ese contexto histórico salvadoreño. Aunque se pueda pensar que el hecho de tener un conocimiento empírico sobre esta guerra permitirá esclarecer y detectar mejor ciertos rasgos dentro de esta obra literaria, y aunque sí, en cierta instancia así será, tan bien el lector se va a encontrar con muchos eventos que lo sorprenderán y que le ayudarán a enfrentar ciertos hechos de la historia, así como aproximarse a otros de estos sucesos con una mirada diferente.

Hay detalles sobre la guerra de los que a muchas personas no les gusta hablar, uno de ellos es el tema de los muertos, la gente lo evade. Se tiene que hacer todo un ritual para lograr que el tema aflore. Sin embargo, era un suceso natural durante el tiempo de la guerra y debería de ser importante verificar que todos los que vivimos esa época habíamos sido testigos de diferentes eventos y que de alguna manera formábamos parte de una complicidad dentro de la sociedad. Natalia, el personaje principal de *Dios tenía miedo* nos lleva a los ciudadanos que nos encontramos entre los dos bandos, a confrontar esa realidad y reconocernos como parte del problema debido al papel apático que jugamos dentro de semejante conflicto.

En una entrevista que se le hace a la escritora Núñez ella nos expone que "nunca se ha hablado de cómo la clase media-alta vivió la guerra en El Salvador. Y esta es una novela que por primera vez trata de contar eso. Cómo nosotros sentíamos que no teníamos nada que ver con la guerra; no nos importaba la guerra y creíamos que la guerra no nos estaba tocando y nunca nos iba a tocar. Hasta que fue la ofensiva del 89, en que nos dimos cuenta de que sí había guerra, en que vimos a los guerrilleros, la cosa sí nos conmovió" (20 dic. 2011).

Dios tenía miedo nos hace remontar a esos años de angustia que se vivieron. Leer sus primeras páginas es volver a vivir la tragedia de la guerra. Entonces, ¿por qué hacerlo? Porque la literatura siempre ha sido una manera de entrar en otra dimensión; en esa a la que el autor nos quiera llevar. A veces llegamos a mundos notablemente fantásticos, otras veces quizás llegamos a mundos más cercanos a la realidad, tal vez no nuestra realidad, pero a una que posiblemente exista. Sin embargo, hay libros que nos presentan realidades tan crueles que inmediatamente las descartamos de la posible realidad y le damos el tono de "exageradas". No obstante, a veces, estas narrativas nos pueden estar contando hechos reales dentro de sus códigos literarios, que solo es posible descifrarlos cuando se conoce el contexto bajo el cual pudieron haber sido pensados. Si a esto le sumamos el entorno dentro del que el escritor creó, o vivió, podemos acercarnos más aún a descubrir realidades palpables dentro de algunos textos literarios. Ese es precisamente el caso ante el cual se encontrará al abrir la novela *Dios tenía miedo* de Vanessa Núñez. Empezar a leer las primeras páginas le llevará inmediatamente a la década de los ochenta. O sea, a una guerra que había terminado veinte años antes de que Núñez escribiera esta novela en el 2011. Cabe hacer una breve nota de que Vanessa Núñez, nacida en 1973, estaba en su niñez durante los primeros años de conflicto, y durante la guerra civil estaba en la adolescencia y la juventud; pero la influencia de este conflicto, de la guerra y de la violencia, fue absorbido por ella desde las primeras etapas de crecimiento, y por el proceso de socialización estará influenciada por ello el resto de su vida.

En la entrevista que se le hizo a Vanessa, ella misma nos dice que en efecto, algunos de los relatos se inspiran en situaciones reales. Asimismo, la novela se desarrolla en calles, ciudades, lugares específicos. Menciona nombres tanto de instituciones como de personas que formaron parte de la historia de la guerra civil salvadoreña o de la situación conflictiva que se vivió. Por tanto, el lector va a caminar de la mano de Natalia y descubrir lo que a ella se le va revelando. Quizá también, podrá poner en palabras su propia vivencia. De hecho, muchos de los sucesos presentados en la novela fueron sin duda, tan reales y tan apegados a la historia de alguien, a la de la amiga, o a la de la amiga de la amiga, que, en fin, era la historia de todos nosotros, los civiles. La historia de los que fuimos las víctimas entre dos bandos que tenían una guerra. Por cierto, una guerra que en su mayoría del tiempo la ubicábamos en las afueras de la ciudad. Sin embargo, "esas afueras" llegaba todo el tiempo a tocar la puerta de nuestras casas. Esta novela nos ayuda a aceptar que es importante llenar los silencios y que hay hechos que no se deben de olvidar y que es importante darle voz a lo que ha quedado sin decirse. En el medio académico se piensa en la guerra civil salvadoreña como algo que afectó solamente a los sectores rurales. A través de la narrativa de *Dios tenía miedo* el lector reconocerá que no fue así, que existía una realidad atroz que cubría a todo el país.

La estructura de la novela está dada por medio de 67 capítulos. Las historias se entrelazan creando una sensación de historia fracturada. La narrativa se va contando por relatos individuales y entrecruzados que parecieran desconectados entre sí. Sin embargo, esta técnica de ruptura en la novela parece ir de la mano con las palabras de la escritora: "yo siempre he dicho que la historia de la guerra la tenemos entre todos, que tenemos que sentarnos a platicar y que cada quien cuente su historia. Porque cada uno tenemos pedazos de ella, necesitaríamos unir esas piezas como un rompecabezas para tener más claro lo que realmente pasó". Aunque en su texto, Núñez presenta la historia de una muchacha de clase media, en realidad su novela está de alguna forma recuperando quizá la memoria colectiva de todo un sector de la población. En *Dios tenía miedo* se plasman memorias con lujo de detalles que fácilmente podrían pertenecer a un sector de la población que vivió dentro de ese contexto social. Nos encontramos ante una novela social que enmarca hechos históricos y testimonio de denuncias sociales.

Vanessa Núñez es una escritora que con su novela nos llega a alterar nuestras emociones y nos hace recordar a la familia, al amigo de la infancia, al reencuentro, al que se va, al que se queda, al desaparecido, a la iglesia, a la sociedad, a la angustia, al terror, a la muerte, a la sobrevivencia, en fin, al día a día de los años de nuestra guerra. La misma escritora nos ha expresado que su novela contemporánea *Dios tenía miedo* no es de carácter autobiográfico, pero sin duda tiene momentos de la realidad de la escritora que se han transformado en personajes y en episodios literarios que nos deja vivas imágenes de una guerra de la que todos tendríamos que hablar y entender la necesidad de no olvidar.

I

Estos son mis recuerdos.

Disparan y es de noche. Los helicópteros desprenden sus misiles con una detonación que hace pensar en un abismo en el cielo.

Mamá y papá permanecen callados. No hay luces en la casa ni en diez cuadras a la redonda. La *french poodle* ladra histérica. Igual que a nosotros la ha despertado el estremecimiento de las paredes.

El sonido se incrementa. Algo se estrella contra el techo. Me oculto bajo la cama. Sé que si una bomba nos abatiera, no quedaría nada. Sigue el silencio.

La noche se paraliza sobre nuestra casa.

El monstruo se desplaza como una araña negra en el cielo. Su estruendo se convierte en eco. Se ha alejado a sembrar miedo y luces de bengala en otra parte.

II

Debemos entender como un milagro que Pablo haya incorporado a su pensamiento la enseñanza que nuestro Señor Jesucristo le ofrecía...

–¿Qué pasaría si los helicópteros se equivocaran y dispararan sobre nuestra casa? –pregunto a papá en un susurro.

–No pensés en eso –responde incómodo–. Los soldados saben diferenciar entre los subversivos y la gente decente.

Por eso a los cristianos de corazón nos molesta que tergiversen los Evangelios con fines políticos...

–¿Y si pasara?

–Pedile a Dios que no sea así.

–¿Por qué estamos en guerra?

–Porque hay intereses divididos.

–¿Eso qué significa?

–Guardá silencio y poné atención –dice por fin, molesto.

–Me aburre la misa –digo en voz baja. Miro a todas partes. El rostro sereno de la gente a nuestro alrededor me da miedo. Papá dice que no existe el infierno.

III

Saco una revista de la repisa. En dieciséis años la he ojeado dos veces. Veo en sus páginas amarillentas cosas que me causan desasosiego.

En la portada, una niña de cabello negro y ojos intensos sostiene una paloma entre las manos. El animal intenta alzar el vuelo. La niña parece asustada. Sus noches y sus miedos deben de ser también los míos.

IV

Aunque las bombas y los balazos se habían escuchado la mayor parte de la noche, papá pensó que se trataba de algo sin importancia.

A la mañana siguiente, cuando me llevaba al colegio en su auto, decidió pasar por la avenida que corría paralela a la nuestra. Papá no tuvo tiempo de girar. Sólo alcanzó a decir que debía taparme los ojos. No logró identificar que aquello que colgaba de las copas de los árboles que bordeaban la ancha avenida de doble vía, eran pedazos de cuerpos. Y yo, sentada en el asiento trasero, no pude dejar de ver aquel horror que fue mi primer enfrentamiento con los años de pavor que habríamos de vivir durante la década siguiente.

Papá condujo hasta el colegio en silencio. Yo no me atreví a preguntar si debía sentir pena por los muertos que la guardia, según escuché luego en la radio, recogió con palas y bolsas plásticas, a fin de evitar una hedentina en una de las principales calles de nuestra ciudad capital.

V

Nunca entendí cuándo ni cómo comenzó la guerra. Según recuerdo siempre estuvo ahí.

Crecimos con bombas y balazos, con miedo y con precauciones, con silencio y volteando la mirada para que ni los soldados ni los guerrilleros fueran a creer que estábamos en su contra.

Nos acostumbramos a no pensar, a no hablar en voz alta, a obviar la política y a mantenernos alejados del conflicto. ¿Pero qué tanto podía obviarse la realidad en un país donde las imágenes de la guerra nos bombardeaban día y noche?

Fuimos condenados a vivir el miedo en silencio. Colocamos los rostros, los muertos destrozados, las manos mutiladas, las orejas rebanadas, los cuerpos desollados, los recuerdos, en estantes donde acumularon polvo y años, con la esperanza de entrar un día a esa bodega macabra y que ya no estuvieran ahí.

Sin embargo, aún ahora, cada vez que escucho noticias de guerras lejanas, las puertas de la memoria se abren silenciosas y desfilan frente a mí los horrores que, hasta hoy, llevo grabados en los murmullos del alma.

Fue quizá el miedo a la muerte o la desaparición de Edgardo lo que me hizo preguntar por qué. ¿Por qué nosotros, los que decíamos creer en la justicia y en los valores cristianos, nos quedamos callados ante tanta abominación?

VI

–Fue una guerra moderna, ya no de palos, hondillas y pedazos de corvo. La de los ochenta fue una guerra de tanquetas y armas automáticas. Los bandos no tenían necesidad ni de mirarse a los ojos. Pero el daño venía de antes, desde el último levantamiento indígena a principios de los treinta –dice el hombre, cuyo rostro moreno está marcado por surcos profundos provocados por el sol–, cuando miles de cuerpos fueron arrojados en zanjas como bagazo de caña –continúa–. Estaban escondidos debajo de la tierra, entre los cafetales. Habían abierto hoyos, colocado tablas. Ahí se metieron.

»A nosotros, los que no éramos comunistas, nos recogieron para que saliéramos a buscar a los que sí lo eran. A que descubriéramos dónde se habían ocultado. Puyábamos con el corvo y ahí iban saliendo. Había que llevarlos a Izalco. Ellos sabían lo que harían con ellos.

»Nunca se supo con certeza cuántos fueron, pero el general José Tomás Regalado reportó cuatro mil ochocientos al almirante Smith y al comandante Brandeur, quienes, enviados para proteger la inversión extranjera, esperaron anclados en el Puerto de Acajutla la orden de desembarco.

»Los sacaron de sus casas uno por uno. Los iban matando por los caminos. Iban heridos, golpeados o hambrientos. Ahí mismo abrían zanjas o dejaban los cuerpos pudriéndose al sol. Luego los cerdos les arrancaron la carne. Sólo entonces intervino el gobierno. No quería que una epidemia afectara la economía.

»Comenzaron a las cuatro de la tarde de un jueves. La junta de los que tenían mucho los condenó. Dijeron que iban a matarlos a todos. Y eso sí lo lograron. Hubo gente que se quedó sin familia.

"Ama Feliciano. Originario de Izalco, departamento de Sonsonate. De cuarenta y un años de edad. Jornalero. Matrimoniado con Josefa Shupan. Yerno de Patricio Shupan, cacique pipil de Izalco. Católico, dirigente de la cofradía del Espíritu Santo. Pelo corto, bigote y barba. Detenido por revoltoso y asesino. Condenado por 'bolchevique' a ser linchado y a morir por ahorcamiento."

»Demandaba la devolución de las tierras comunales. Los comunistas, que habían venido de la capital, le habían hecho creer que era posible quitar a los ricos lo que era de ellos. Como si no hubiera sido así desde siempre.

"Organizó a cientos e invadió Sonsonate con alevosía, premeditación y ventaja. Se aprovechó del cobijo de la noche. Mató a machetazos al señor Alcalde. Reventó las puertas de los almacenes para robar. Sacó de sus casas a la gente honrada y honesta para injuriarlas."

»Por eso tuvo que ocultarse cerquita de Izalco. Los blancos y los ladinos le pidieron al comandante Cabrera —que odiaba a los indios porque decía que eran remilgados y huevones— que lo aprehendiera con los perros para hacerle los horrores que le hicieron. La guarnición de Izalco le echó mano en los alrededores del pueblo. Feliciano gritaba: ¡Qué vivan los indios! ¡Esa tierra es nuestra! No alcanzó a llegar a la Alcaldía. Lo mató la turba de ladinos a la que lo entregaron. Fue su cuerpo lo que los blancos, los que aún odian a los indios, exhibieron colgado de un palo de ceiba frente a la Casa de La Asunción –dice el hombre cuyos ojos se han opacado–. Después de eso todavía siguieron matando como tres semanas más. Sólo en Nahuizalco, el mero viernes trece, las tropas de Sonsonate fusilaron a trescientos ochenta y ocho indígenas que querían que el Señor Alcalde les entregara un documento de identidad donde certificara, precisamente, que no eran comunistas. Fue difícil aguantar el tufo de aquel montón de muertos mal enterrados. De ahí surgieron enfermedades y pestes para los que sobrevivimos.

»Fue así como nosotros aprendimos el miedo. Se nos grabó en la conciencia. Lo hicimos nuestro. Nuestros hijos lo mamaron y crecieron con él. Fue nuestro legado, nuestra herencia patriótica, nuestra marca de sangre. Ha sido parte de nuestra enseñanza. Ha marcado nuestro inconsciente y nos ha formado la carne y el alma.

»Ser salvadoreño –dice el hombre, cuya vista ahora se clava en el suelo– es llevar la cicatriz del miedo grabada en la frente. ¡*Hagamos patria!*

»El Salvador –agrega– no es más que un país imaginado, nunca visto en realidad. Otros lo han creado, borrado, destruido y vuelto a hacer sobre nuestra piel de rasgos mestizos que, hasta el día de hoy, a muchos les da vergüenza.

VII

Pelucas y laca, anteojos gruesos, corbatas delgadas, boinas ibéricas, trajes negros y calcetines blancos.

Eran los destinados a cambiar al mundo, a su gremio, al país y la historia en los años setenta.

PCS, FPL, ANDES "21 de Junio", MNR, UNO, ERP, PRS, RN, FARN, PRTC, UTC, FAPU, FECCAS, BPR, FUERSA, FMLN, AED, ARDES, MRC, OMR, MERS, UR-19, AGEUS, FSR, UPT, FUR-30, LP-28, LPS-28, LPU-28, LPC-28, LPO-28, MLP, LL, BTC, FTC, ASMUSA, FAU, AES, FUSS, CUTS. Letras que se perdieron en los gritos de puñaladas y suicidios en casas de seguridad en el extranjero.

¡Alto a las masacres contra estudiantes!

Grafitis en el centro, bloques que fueron construyendo paredes, que fueron muros, que fueron tumbas.

"Todo salvadoreño debe conocer a sus enemigos. El terrorista utiliza diversas medidas que lo delatan. ¡Identifícalo! Ciudadano honrado: Enmárcate en la Ley, no temas. Colabora con los garantes del orden. Ellos cumplen su deber. Nuestro país debe regresar a la normalidad. Colabora con las autoridades."

Carlos Humberto Romero, ¡Presidente!

Sonrisas confiadas, manos alzadas, un gane garantizado.

28 de febrero de 1977.

"Que la UNO y los demócratas cristianos se vayan al carajo. Comunistas de mierda disfrazados de oposición."

¡Solidaridad con las luchas heroicas del pueblo! Vehículos y negocios quemados por las turbas.

El cadáver del Ministro de Relaciones Exteriores, Mauricio Alfredo Borgonovo Pohl, fue encontrado el día once de mayo, luego de haber sido secuestrado por las FPL. Dicha organización hizo caso omiso a los llamamientos hechos por la ONU, el Papa Paulo VI, diversos sectores de la sociedad y su familia, a fin de que fuera liberado con vida. El Arzobispo de San Salvador, Oscar Arnulfo Romero, ofició una misa de cuerpo presente, durante la cual manifestó que, para que el alma del Ingeniero Borgonovo Pohl pudiera descansar en paz, era necesario no responder a su muerte con violencia, sino con resignación, amor y bondad.

"Debido al desquiciamiento del orden constitucional fue necesario decretar el estado de sitio hasta que las circunstancias políticas se normalicen."

Les vamos a enseñar que aquí no se tolerarán las ideas extrañas.

"Personeros de las instituciones gubernamentales manifiestan haber detectado que en los últimos tiempos muchos jóvenes estudiantes con algunas inquietudes humanitarias y con escasa orientación política, han sido presa fácil de los dirigentes de agrupaciones clandestinas, los mismos que, al detectar su inocencia, los hacen objeto de engaños, haciéndoles creer que sus causas son justas y que la juventud es la llamada a la lucha."

Y que les quede claro a los Estados Unidos y al Ingeniero James Carter, que no toleraremos el irrespeto a nuestra soberanía nacional ni sus condicionamientos de ayuda a temas humanitarios. Aquí no hay violación a los derechos humanos, porque estos son simples delincuentes comunes.

"¡Exigimos reformas estructurales! ¡No a la tenencia de la tierra en pocas manos! ¡No a los fraudes electorales! ¡No al PCN!"

¡El pueblo, unido, jamás será vencido!

"Y el año de mil novecientos setenta y nueve, que en pocos días concluirá, nos dejó incendios por doquier. Terroristas con fachada de patriotas. El misterio de las cárceles y los cementerios guerrilleros. Una junta que, luego de dieciséis cuartelazos, hoy nos quiere convencer que es revolucionaria. Árabes y palestinos metidos en asuntos nacionales. Bombazos en medios de comunicación y casas particulares. Secuestrados y desaparecidos a diestra y siniestra. Si los muertos tan sólo hablaran."

VIII

Pasó en su automóvil recién sacado de la agencia, rumbo a su también recién estrenada oficina, en el cuarto piso de un edificio, desde el cual podía ver gran parte del Centro de la capital.

Había vuelto a esta ciudad sucia y desordenada, para retomar el negocio familiar. Sin embargo, la comercialización del café no era algo que le encantara especialmente. Dependía demasiado de los cambios en el extranjero y de la voluntad de los gringos, a quienes dejó de tener admiración desde que Carter llegó a la presidencia.

Sin embargo, por una u otra razón, siempre estuvo vinculado con ellos, desde que, siendo un bebé de meses, su familia materna emigró a aquella nación de contradicciones. Ahí vivió el inicio de la guerra fría, la persecución de los comunistas por McCarthy, la llegada del hombre a la Luna, el asesinato de Kennedy y la revolución cubana. También ahí adquirió el vicio de fumar cigarrillos mentolados y de beber whisky *on the rocks,* en lugar de las bebidas aguardentosas que se bebían en El Salvador y que mezclaban siempre con Coca-Cola y hielo de dudosa pureza.

Solía retornar al país durante los *spring breaks* del colegio militar, y siempre se encontraba con una gruya de primos y tíos que lo hacía volver con nostalgia a la soledad del internado. Quizá fue por ello que, en cuanto pudo, y pese a los ruegos de su madre, decidió instalarse en El Salvador. Fue entonces cuando su madre decidió hablarle de "el incidente", como ella lo llamó. Así se enteró de que su padre, administrador de una finca de café en Santa Ana, había muerto durante la sublevación comunista de los años treinta, a manos de una peonada rabiosa por los malos salarios, la cual, luego de torturarlo, lo mató a machetazos en la calle.

La aglomeración le obligó a detener la marcha del auto. Cuando la turba lo rodeó, para luego seguir de largo, sintió miedo. Luego ira. Pancartas con consignas comunistas eran portadas por la multitud, cuyos rostros iban cubiertos con lentes oscuros y pañoletas rojas.

Su mujer le sugirió que lo mejor sería que dejara de ir a la oficina por un tiempo. Al menos en lo que la situación se calmaba. Pero el desorden siguió creciendo y el ejército permaneció acuartelado. De conversaciones con amigos concluyó que, pese a la gravedad de la situación en El Salvador, no había autoridad a la cual acudir ni nada por hacer. El país, tal como él lo veía, se estaba viniendo abajo. Sintió miedo de perder todo aquello que, con trabajo y esfuerzo, había logrado desde su regreso. Pronto, aquel miedo que él jamás creyó posible sentir, se convirtió en odio. Odio que era compartido en sus círculos más cercanos. Sus excompañeros de colegio, sus amigos del club de tenis, su cuñado, sus suegros y demás personas ligadas al círculo empresarial.

Fue su cuñado quien le habló de un grupo organizado en La Escalón, compuesto por médicos, abogados y hasta oficiales del ejército, que se reunía los martes por la tarde, y en el que era posible ingresar si se llevaba la recomendación adecuada.

Al poco tiempo, él y dos primos suyos fueron admitidos. Obtuvieron armas, chalecos antibalas, ametralladoras Ingram, gorros pasamontañas, silenciadores, entrenamiento en el manejo de explosivos y directrices de cómo y contra quién actuar. *Ejército secreto anticomunista, Gremio Anticomunista Salvadoreño, Brigada Anticomunista Maximiliano Hernández Martínez, Comando Metropolitano, Escuadrón de la muerte, los squash.*

Sus primeras misiones fueron ataques a la radio católica y a periódicos de oposición. Había noches en que colocaban hasta una decena de bombas en San Salvador. Todo ello como advertencia para que la gente no se anduviera metiendo en política. Y aunque nunca supo si alguien había muerto por su culpa, tampoco le importó. Se mirara como se mirara, se lo merecían, pensaba.

Diferente era cazar un comunista del cual se tenía información específica y se sabía con certeza que era un subversivo. De haber sido al revés, estaba seguro, ninguno de esos sediciosos hijos de puta se habría tentado el corazón para matarlo. Eso lo tranquilizaba y lo dejaba a gusto con su trabajo. Había que combatir el terror con terror. Organizarse igual que la guerrilla. Usar sus métodos. Hacerles una guerra no convencional, basada en el combate por asesinato.

Una idea no alineada, un planteamiento en contra del régimen, una amistad sospechosa bastaba para considerar, hasta al más cercano, un enemigo. De ahí hasta su desaparición o muerte, era cuestión de días, a veces horas.

Los cadáveres eran lanzados en las orillas de las carreteras, donde pudieran ser vistos, y sirvieran de escarmiento a todo el que tuviera la intención de involucrarse con los subversivos. Aunque siempre era más fácil eliminarlos de un tiro en la nuca. Fue alguno de los militares, pero ahora no puede recordar quién, el que propuso decapitar los cuerpos, disolverlos en ácido o quitarles la piel. Así, el efecto sería aún mayor.

Tiempo después, sin embargo, los gringos que otrora les habían ofrecido entrenamiento y asesoría militar, comenzaron a plantear una serie de inconvenientes relacionados con los derechos humanos, a fin de seguir brindando ayuda económica y militar. No entendían que las acciones que estaban llevando a cabo iban dirigidas a preservar los mismos valores liberales en los que ellos creían. La libertad, el desarrollo, los derechos individuales, la democracia. Todo eso había que defenderlo a toda costa. *Azul por Dios, blanco por la patria y rojo por la sangre que ha de derramarse para preservar la libertad.* Ellos apoyaban la política republicana. Casi todos habían sido moldeados en las universidades gringas. Hablaban perfecto inglés y gustaban de la vida y del sueño americano. Y si en Estados Unidos hubiera habido terroristas que dinamitaran puentes, pensaba, segurito que los gringos habrían actuado de la misma forma.

Claro que la prensa internacional, en la que con toda certeza tenían influencia los comunistas, se encargaba de distorsionar sus actos, calificándolos de fascistas, ultraderecha, escuadroneros, terroristas, asesinos y hasta de neonazis.

Estacionó su auto en el sótano. Subió las gradas hasta el cuarto piso. Un poco de ejercicio nunca estaría mal, se dijo. Entró en su oficina. Saludó a su secretaria que, a estas alturas, había preparado una extensa agenda para él. Encendió un cigarrillo mentolado y, no bien había acabado de soltar la primera bocanada, una explosión hizo tronar el edificio adyacente. Desde su ventana pudo ver a cuatro jóvenes de cabellos largos, *jeans* y zapatos tenis, a punto de cruzar la esquina. Sin soltar el cigarrillo, tomó su arma y, como quien afina su puntería en una feria, disparó.

IX

–Cuerpo de Cristo, santifícame. Sangre de Cristo, embriágame. Agua del costado de Cristo, lávame. Y esa es la tercera vez que Jesús, que por amor sufrió por salvarnos del pecado que cae bajo el peso de la cruz –dijo la minúscula mujer de uniforme pulcro, a la que no parecía importarle si Jimena y yo la escuchábamos, ya que se complacía en recitar frente a cada una de las estaciones los martirios que Jesús había sufrido y que Jimena, próxima a hacer su primera comunión, intentaba apuntar sin éxito.

Aproveché que la anciana se había distraído para susurrarle que debíamos marcharnos.

Kriete-Ávila, Poma-Kriete, Escobar-Kriete, Baldochi-Kriete, Aguilar-Meardi, Pinto-Lima, Quiñónez-Ávila, Meardi-Palomo, González-Ávila, Ávila-Meardi, Aguilar-Ávila, Guirola-Méndez, Ávila-Ávila, Mendez-Meardi, Weyler-Meardi, Heimans-Meardi, Borgonovo-Cristiani y demás familia, le invitan a la Santa Misa que oficiará el Señor Arzobispo de San Salvador, en la Iglesia del Hospital de la Divina Providencia (Colonia Miramonte Poniente, Calle Toluca y Pasaje "B") a las dieciocho horas de este día. San Salvador, veinticuatro de marzo de mil novecientos ochenta.

El calor, que en aquella época del año era insoportable, no se dejaba sentir dentro de la capilla de vigas blancas y geométricas a la que, a pesar de estar cercana a nuestra casa, no asistíamos a misa porque papá decía que las monjas, a cuyo cargo se encontraba, eran comunistas.

Jimena se excusó diciendo que volvería después de las vacaciones de Semana Santa, a lo que la hermana respondió asintiendo con la cabeza. Hicimos el intento de salir por la puerta principal, pero la monja nos detuvo. Dijo que los asistentes al oficio estaban por entrar, por lo que sería mejor salir por la sacristía, a la que se accedía por una estrecha puerta ubicada tras el minúsculo altar, sobre el cual se ubicaba un Cristo crucificado de tamaño natural.

La mujer golpeó la portezuela de metal. Una voz aguda nos hizo pasar.

Quisiera hacer un llamamiento especial a los hombres del ejército.

Lo vi de espaldas. No era alto, sino más bien recio de cara y fornido de cuerpo.

Hermanos, son de nuestro mismo pueblo.

Me pareció que bordeaba los sesenta años, por las canas de las sienes y el aspecto de hombre grave.

Ningún soldado está obligado a obedecer una orden contra la ley de Dios.

Luego me enteré por los periódicos que tenía sesenta y dos.

Una ley inmoral, nadie tiene que cumplirla.

Se colocó un sombrero que le dio un aspecto papal.

...de nada sirven las reformas si van teñidas con tanta sangre.

Volteó a mirarnos. Sonrió.

Han venido a que les hable del vía crucis, explicó la monja. Está próxima a hacer su primera comunión, afirmó colocando su mano sobre el hombro de Jimena.

Lo saludamos. Jimena le besó el anillo. Agradecimos a la hermana y Jimena prometió volver. Salimos sin prisa, sintiendo que el aire de la calle se respiraba más a gusto. En los árboles que bordeaban el camino adoquinado, decenas de chicharras serruchaban el aire con su voz.

X

Temiendo una victoria como la que los sandinistas obtuvieron en mil novecientos setenta y nueve en Nicaragua, Estados Unidos ha decidido dar apoyo en dinero, pertrechos de guerra, asesoría miliar y equipo de guerra a El Salvador, una pequeña nación situada en el corazón del istmo centroamericano.

XI

San Salvador era una ciudad pequeña, sin embargo, no era mucho lo que yo conocía de ella. El Paseo General Escalón, la Zona Rosa, Metrocentro, la San Benito, El Salvador del Mundo, la Plaza Alegre.

Nunca íbamos al Centro. Mamá decía que era peligroso. Había sido ahí en donde comenzaron los bochinches y se hacían todas las manifestaciones. Fue también ahí donde acribillaron a los que asistieron al funeral de monseñor Romero.

–¿Quién los manda a andar de revoltosos? –dijo papá ante las imágenes de los cientos de zapatos abandonados en la Plaza Barrios–. Y también al cura. ¿Quién lo manda a andar metido en cosas raras? En lugar de hablar de Dios en la homilía y aconsejar a la gente para que fuera trabajadora, los exhortaba a ser subversivos. ¿Cómo no iban a matarlo? –agregó.

Mamá repitió sus palabras cuando mataron a los jesuitas, casi una década más tarde.

"El que juega con fuego, acaba siempre por quemarse."

XII

¿Quiénes son esos hombres emperifollados con uniforme oscuro, corbata negra, medallas, galones dorados y el pecho cruzado con la bandera de El Salvador? Son los padres de los miles de muertos que vio la patria. Son los que debieron proteger y velar por que nada enturbiara su paz. Son los presidentes militares que hicieron de la fuerza su forma de gobierno.

Entonces, ¿por qué la patria no se los demanda? Porque las palabras son impotentes y lo que vale es el golpe sobre la carne. Eso ellos lo saben de sobra. Para eso fueron creados. Luego, sin embargo, sin que los que los crearon se percataran, cobraron vida propia.

XIII

Las fiestas de noches mexicanas, venezolanas, panameñas, ticas, dominicanas, y de todo (menos cubanas), y a las que mis padres y los tíos asistían los fines de semana, volvían una y otra vez bajo la luna y las estrellas de las terrazas hoteleras, para alegrar a los capitalinos con combos, bebidas, buffet típico y hasta el Mariachi Guadalupano, la Fiebre Amarilla o Glenda Gaby, quien recién volvía de su gira por Alemania, Italia, Francia, Suiza, Inglaterra y Estados Unidos, donde había alternado con Jerry Lewis, Camilo Sesto, Raphael, Juan Bau, Lola Flores y Raquel Welch.

Fue por esos años que papá compró la televisión a colores. En ella observamos las primeras visitas de "el Papa viajero" a Santo Domingo, México, Irlanda, Estados Unidos, Polonia y Turquía, así como la huida de dos familias de Alemania Oriental en un globo casero movido a gas que, durante la madrugada, habían logrado burlar la "cortina de hierro".

"El ansia de libertad no tiene cadenas que la sujeten", decía el presentador de noticias. Y pensé que yo también habría defendido mi libertad a cualquier precio.

Mientras, la guerra se desataba en todo el país. Y también en todo el país se estrenaba en grandioso multisimultáneo y en espectacular premier latinoamericana, la película que estaba causando conmoción: *Apocalipsis ya. Presidente, diez cuarenta y cinco a.m., tres cuarenta y cinco, seis y cuarto y ocho y cuarenta y cinco p.m. Apolo, Iberia, Libertad, Gavidia, Arce, admisión tres colones. Y Fausto, México, Avenida y Central, dos colones.*

"En las guerras modernas no hay vencedores ni vencidos", leí que decía el anuncio del periódico. "La guerra no conduce a nada."

Mamá me dio a escoger, sin embargo, entre una aventura intergaláctica que, según los periódicos, la transportaba a una a miles de años luz, fuera de nuestro espacio, a una galaxia muy, muy lejana o "La niña de la mochila azul" que, según decía el periódico, era la película más taquillera del año.

A Jimena, que decía estar enamorada de Pedrito Fernández, le dieron permiso de acompañarme.

Edgardo, que por aquel entonces ya manejaba, consiguió que el tío le prestara su coche nuevo, y nos llevó al cine y luego a comer un sorbete al Pops.

–A ese bichito, cara de gaveta –dijo con sorna mientras Jimena y yo lamíamos nuestros conos de nieve– lo quieren hacer actor a la fuerza porque, como ya le está cambiando la voz, se le va a terminar la carrera de cantante.

Pero Jimena se enfureció y defendió a su ídolo con tanta rabia, que Edgardo no tuvo más remedio que disculparse.

XIV

¿Reforma Agraria, para qué? Para que los privilegios de los dos mil grandes propietarios no pesen más que el bienestar de los cinco millones de salvadoreños que somos hoy, y podamos así sentar las bases para el bienestar de los diez millones de salvadoreños que seremos en el año dos mil.

XV

–¡Cómo no! Vas a creer vos que un puñado de babosos van a poder contra los millonarios que siempre han sido dueños del país. Idealistas que son. Les han lavado la cabeza.

–¿Sabés qué es lo más triste? —dice la tía Rosa María, mientras agrega azúcar al café que mamá le ha servido—, que ha sido en los colegios en donde los han envenenado con tonterías. El Externado San José, La Asunción, El Sagrado Corazón. Colegios donde antes iba sólo gente de bien. Y como claro, a muchos de los hijos de familias honorables los vieron inteligentes y con pisto, los curas y las monjas comunistas los escogieron para adoctrinarlos. Los curas jesuitas también tienen la culpa.

–¿Sabés quién se fue en esa trampa? ¿Te acordás de Doña Chayo Ávila de Monedero? Aquella señora delgadita, de ojos azules. La que llegaba siempre a los tés de la María Cristina y que iba siempre bien vestida.

–¡Ay! ¡No me digás! ¿Y cuál de los hijos? Porque tenía tres hijos guapísimos. Dos hombrecitos y una mujercita. Rubios, ojos verdes y altísimos. Porque ella fue casada primero con don Mauricio Magaña Imberton, ¿verdad? Aquel que tenía beneficios de café en Juayúa, ¿te acordás?, y mucho ganado en Oriente. Con él tuvo los dos hijos primeros. Y luego, cuando se murió el señor, ella, que estaba aún muy joven y era muy bonita, se casó en segundas nupcias con don Rubén Monedero, que también era viudo.

–No niña. ¡Callate! Fue la hija que tuvo con don Rubén la que se fue a la guerrilla.

–¡Dios guarde! No te lo puedo creer. ¿La hija que era tan linda? Casi parecía una muñequita.

–Pues parece que como estudiaba en La Asunción, las monjas se la convencieron. Dicen que a las niñas las llevaban primero a las zonas marginales y luego a las casas de la gente con pisto, para que compararan. Y como a la bicha la vieron inteligente y con pisto, la mona babosa se dejó embaucar. Dicen que la agarró el ejército. La violaron toda. Y después de tenerla como tres días presa y toda golpeada, se la entregaron a los papás —claro el pisto todo lo puede— y la sacaron del país. Vive ahora en los Estados Unidos y allá está bien casada.

–Qué niña más tonta. Teniéndolo todo, andarse metiendo con esos comunistas choleros.

–¡Pero los papás, Rosa María! ¿No creés vos que por falta de principios, fue que esta muchachita se perdió? ¿Cómo no le dijeron que no se anduviera metiendo en babosadas y le advirtieron lo que le podía pasar?

–Sí, también los papás descuidados de no educar bien a sus hijos. Y es que, ya sabés vos, cómo es esta gente de pisto. Se la pasan de viaje en viaje y de fiesta en fiesta, y dejan encargados a los cipotes con las sirvientas para que se los eduquen. ¿Así cómo no van a caer en esas cosas, niña?

XVI

¡Salvadoreño! No permitas que el azul y blanco de tu bandera, que significan libertad y paz, sea cambiado por el negro y rojo de los comunistas, que significa opresión y sangre.

"De la paz en la dicha suprema
Siempre noble soñó El Salvador;
fue obtenerla su eterno problema,
conservarla es su gloria mayor…"

XVII

Antes de que todo comenzara, solíamos jugar en las calles de la colonia. Luego de hacer las tareas, nos reuníamos en el garaje de alguna casa. Salíamos en bicicleta o en patines. A veces nos íbamos hasta la iglesita, otras, a la tienda a comprar charamuscas o chocobananos.

Luego las cosas cambiaron. Ya no nos permitieron salir solos. La primera vez los vimos llegar de lejos. Se aproximaron por la callejuela que de la avenida principal daba acceso a nuestras casas, ubicadas en torno a un redondel que terminaba en un pasaje sin salida.

La primera casa era la de Jimena, después la de los tíos, seguida por la de los turquitos, que casi siempre estaba vacía. La última casa del pasaje, o la primera, según se viera, era la de la niña Flor, una viejita que vivía sola y a cuya casa llegaba todos los jueves un camión cargado con frutas y verduras.

–Dígale a su mamá que llamó la niña Flor –decía por el teléfono con voz casi inaudible–. Que tengo fruta, que si quiere manda a la muchacha para que la venga a ver. Hay guineo majoncho, manzanas, marañón japonés, naranja de chupar, jocotes de corona y zapote bien maduro, para comerlo hoy mismo.

Vimos pasar un auto negro y largo, como los que salían en las películas de detectives el cual, al llegar al redondelito, aceleró con ruido de llantas. El estruendo de la ráfaga nos ensordeció. Solo atinamos a tirarnos al suelo, como habíamos visto hacer en las series gringas de televisión.

En cuanto se marchó, Jimena y yo, pedaleamos nuestras bicicletas lo más rápido que pudimos hasta nuestras casas.

Mamá y papá no quisieron responder a mis preguntas. Se limitaron a decir que seguramente había sido un error. Años más tarde entendí que no se habían equivocado y que el aviso había sido para Edgardo.

Desde ese día los permisos se restringieron, y ya no nos fue permitido ir solas ni a la tienda que quedaba a dos cuadras.

Un medio día, al llegar a casa en el microbús de la escuela, encontré a varios hombres arrancando la valla de claveles que mamá cultivaba y a la que el jardinero le daba formas de animales. Habían hecho hoyos inmensos en la tierra. Ahí pusieron los cimientos.

Pronto nuestra casa quedó convertida en una fortaleza. De a poco, San Salvador se fue transformando en una ciudad amurallada, donde los jardines de plantas tropicales quedaron escondidos tras paredes de ladrillo visto.

Creíamos que así el peligro se aminoraba pero lo que se reducía era nuestro mundo.

La guerra había comenzado a transformarnos pero nosotros aún nos sentíamos capaces de evitarlo.

XVIII

"Reagan afirmó que si El Salvador cae, Panamá, Costa Rica y Guatemala, seguirán."

XIX

–¿Cómo puede ser –había dicho Edgardo meses atrás, frente a los platillos que la tía había preparado con ayuda de mamá para festejar el cumpleaños del tío–, que nosotros estemos aquí comiendo todo esto, mientras hay miles de personas que están pasando hambre?

Había sido el cura del colegio el que los había llevado. Debían conocer las zonas marginales, dijo, los cinturones de pobreza. Ahí donde la realidad es de verdad, donde las casas son de cartón y de lámina y muere gente a diario. Se van en diarrea. Mueren de parto, porque no hay servicios de salud. Los niños perecen llenos de lombrices, y los bichos les salen por las orejas y la nariz mientras los sepultan. Ahí, donde el hacinamiento produce aberraciones de hijos que son nietos del padre, primos de su madre, hermanos de su abuela. Ahí había sido donde Edgardo encontró la conciencia que ahora se le hacía tan ausente en los suyos y, sobre todo en su padre, que creía fervientemente en los valores del libre mercado y del liberalismo más clásico.

–¿Qué te has creído, mono hijueputa? ¿Que todo lo que tengo me lo huevié? ¿Qué me regalaron las cosas o que cagué el pisto para que hoy vos te estés hartando? –le respondió el tío, al tiempo que destripaba su cigarrillo mentolado contra el cenicero, con el rostro tembloroso de ira.

Ésta es la realidad de El Salvador, les había dicho el padre Manuel. Éstos son los miles y miles de salvadoreños, hijos de Dios, que pasan hambre, frío y enfermedades, sin que nadie los ayude. ¿Qué podemos hacer nosotros, los cristianos que tenemos la suerte de haber nacido en casas donde nunca hizo falta nada, para ayudarlos?

–¡Y si no te gusta, andate a hartar a la cocina con la cholera, porque a un cabrón mal agradecido, que ahora crea que yo le huevié a esa bola de huevones, borrachos, que se malgastan lo que no tienen en licor y putas, no los quiero sentado a mi mesa! ¡Lo que me faltaba! ¡Un hijo comunista! ¡Por la grandísima puta, Rosa María! Esas son las consecuencias de haberlo metido a estudiar con esos curas comunistas, y haberle dado una vida fácil a este mono cerote –agregó, al tiempo que abandonaba la mesa.

Papá y mamá estuvieron de acuerdo con el tío.

–No hacen más que alterar el orden. Son unos resentidos. Quieren vivir sin trabajar y así no se puede –oí a papá decir a mamá ya en casa–. Hay que sudarse el fundillo para vivir con lujos. ¿Quién les ha dicho que, quitándoles a los ricos para darles a los pobres, la cosa va a mejorar? Malditos curas. Habrá que hacer algo pronto, porque están llevando este país al desastre.

XX

"Con motivo de la celebración del día mundial de la paz, ante unos veinte mil católicos, que asistieron a la misa de año nuevo en la Basílica de San Pedro, Juan Pablo II advirtió sobre una terrible pesadilla nuclear.

'Una guerra nuclear puede matar a millones de personas y reducir ciudades a escombros, así como exponer al hombre a espantosas mutaciones genéticas', dijo."

XXI

Supe de él por los periódicos. Y aunque la profesora de letras nunca mencionó su nombre, yo quise saber quién era.

Mamá me dijo que lo habían matado por idealista.

Cuando sepas que he muerto no pronuncies mi nombre

–Creyó que podía cambiar el país con poesía– afirmó– Y se metió a la guerrilla. Pero ahí no lo querían para que hiciera poemas, sino para que matara gente. Al final, sus mismos amigos lo acusaron de ser agente de la CIA y lo fusilaron. Nunca se ha sabido dónde fue enterrado.

cuando sepas que he muerto di sílabas extrañas
pronuncia flor, abeja lágrima, pan tormenta

Esa noche en mi habitación pensé que, si la poesía no había bastado para salvar a aquel hombre, entonces no debía servir de nada.

XXII

Despierta. Lo despierta la sensación de ahogo que le acompaña desde hace unos años. Intenta incorporarse en la cama. Un estremecimiento gelatinoso viene a su mente. No sabía que su cuerpo fuera capaz de defecar sin que su cerebro lo ordenara. Permanece con los ojos cerrados y la boca abierta para respirar. Una sensación pastosa le impide coger una bocanada de aire. Escucha voces cercanas. Intenta abrir los ojos. Quizá si deja entrar luz en ellos, piensa, sus oídos podrán captar con mayor claridad. ¿Cuánto tiempo falta? ¿Acaso no ha sido suficiente la asfixia y ese vergonzoso tanque que ha debido cargar a todos lados? En verdad desea que todo esto se acabe. Seguramente en un hospital gringo habría corrido con mejor suerte. Pero, ¿qué más da?, si, luego de todo lo que hizo por ellos, le cancelaron la visa y lo acusaron de mil cosas. La mascarilla untada de vaho lo asquea. No soporta su propio aliento. Las voces se escuchan de nuevo, esta vez más cercanas. Debe ser el médico, que ha regresado de la ronda de la tarde. Dice algo, menciona tiempos, una mujer solloza. Debe ser su cuñada, que se ha dado a la tarea de cuidarlo, ahora que su mujer es incapaz siquiera de reconocerlo. Se aproximan. Ella se inclina y lo conforta. Él no puede ni sonreír. Se ha convertido en el fantasma de todo el pasado, del futuro y de un presente que sabe ha creado para él y para los suyos, aunque ya no sea posible compartirlo con su único hijo. Escucha que le preguntan si quiere el respaldo más levantado. ¿Lo quiere? ¿O prefiere que lo dejen donde está? Donde ha estado desde hace semanas, quizá meses. ¿Cuánto durará esto? Pero no se atreve a invocar a nadie. Sabe que hace mucho ha evitado hacerlo. Por culpa y por rabia. ¿Dónde estuvo Dios cuando ocurrió todo lo que ahora no desea recordar? Por eso nadie responde. Su cabeza es un eco extenso. Tampoco nadie puede escucharlo. Sus pulmones no alcanzan a pronunciar palabra. Es incapaz de exhalar un suspiro. Si tan sólo pudiera hablar, piensa, se aliviaría un poco su angustia. Podría aflojar la argamasa que ahora le obstruye el pecho. Contar, decir, justificar sus actos. Porque, a pesar de sus intentos por olvidar, a eso se reduce ahora su tiempo: A repasar, una y otra vez, sin pérdida de detalle, cómo fue que llegó hasta aquí.

XXIII

"En nuestro país no hay guerra civil, nuestra patria sufre el ataque de los medios informativos internacionales, sufre una invasión comunista", afirmó en conferencia de prensa el mayor Roberto *D´Aubuisson de Alianza* Republicana *Nacionalista (Arena).*

XXIV

Jimena enciende un cigarrillo.

Pienso en todo el tiempo que nos distancia. Veinte años han transcurrido, quizá más, desde la última vez que nos vimos. Entonces éramos unas bichitas y no podíamos saber que esa tarde de juegos, sería la última.

Observo su rostro. Se parece mucho al que recuerdo, aunque las pecas le dan un aspecto distinto. ¿O fue siempre así y no es hasta ahora que lo noto? Por su aspecto adivino una vida distinta a la mía. Alguien me dio su correo electrónico.

–Cuando papá dijo que nos íbamos en unas horas– dice de pronto, interrumpiendo mis pensamientos y soltando una bocanada de humo– sentí ganas de llorar. En aquel momento pensé que no era justo que tuviera que dejar mi casa, mis amigos, mi colegio, por unos subversivos a los que se les había ocurrido hacer una guerra que, según creía yo en aquel momento, nadie quería. En aquel tiempo era usual que la gente se fuera a Guatemala, los Estados Unidos, Canadá y hasta a Australia. Iban en calidad de asilados, huyendo de una guerra que les rebasaba y amenazaba sus vidas. Bastaba con no estar de acuerdo con la ideología de uno u otro grupo, para convertirse en enemigo y en víctima segura. Te cazaban. Una vez convertido en sospechoso, nada había que los detuviera. Pero nunca pensé, pese a que papá había sido maestro en la Universidad de El Salvador, que podía ocurrirnos a nosotros.

»Seis horas tuvimos que esperar al avión militar que nos recogió en Ilopango. Cuando llegó, aguardamos aún dos horas más a que el secretario de la embajada autorizara nuestra salida.

»Revisaron nuestros papeles y nacionalidades. Varias personas fueron llevadas aparte. Algunos no tenían la nacionalidad española. Otros querían llevar consigo a parientes o amigos. Explicaban con desesperación que su vida corría peligro, que habían sido amenazados, que sus casas habían sido tomadas por la guerrilla o el ejército. Pero de todas formas, no los dejaron abordar.

»Minutos antes de partir, entraron al avión varios periodistas extranjeros. Nos fotografiaron como si fuésemos animales raros. Habían venido a cubrir los enfrentamientos y nos hicieron varias preguntas: ¿Qué pensábamos sobre la guerra? ¿Quiénes creíamos que habían sido los asesinos de monseñor Romero? ¿Cómo nos había afectado la violencia y si sentíamos miedo? Y, al final, que quién queríamos que ganara la guerra. Nadie se animó a responder.

XXV

Papá y mamá decían que teníamos suerte de vivir en un país como El Salvador donde, pese a la guerra, las casas eran aún muy grandes y con jardines bonitos. El clima era envidiable, afirmaban, y la playa más cercana, el puerto de La Libertad, quedaba a tan sólo cuarenta y cinco minutos, y eso que entonces aún no habían ampliado la carretera. Pero nosotros íbamos a veranear a la Costa del Sol, que por aquellos días era despoblada y no había carretera ni supermercados ni hoteles. Durante la marea baja cruzábamos la playa en el viejo Jeep Willys, que había sido del abuelo y que papá dejaba aparcado en el club militar.

Recostado en una hamaca frente a la playa y con una Pilsener en la mano, papá decía que debíamos dar gracias a Dios por tener un lugar donde vacacionar todos los años.

–Hay gente que no tiene ni dónde ir los fines de semana –agregaba mamá–. Pero nosotros, como hemos sido trabajadores, Dios nos ha premiado dándonos una buena vida.

Y es que, según mamá, la gente era pobre porque creía que todo le iba a caer del cielo. En cambio papá, decía, había trabajado duro toda su vida y había ayudado a que el país progresara, pagando planillas y dándole empleo a muchas personas en su negocio.

Mamá, por su parte, era profesora de primaria, pero le daba vergüenza decirlo. Se había recibido de maestra porque era lo que estudiaban las señoritas en aquel entonces. Una carrera corta y útil para mientras encontraban al que sería su marido y el padre de sus hijos. Durante algunos años dio clases en una escuelita pública, a la que yo la acompañaba cuando tenía vacaciones en el colegio. Con pupitres desvencijados y patios de tierra, el lugar me parecía feo. Los niños, que eran muchos y muy morenitos, llevaban uniformes desteñidos y sucios, los pelos tiesos de polvo, las uñas terrosas y, los más chicos, las caras curtidas de mocos. Muchos se quedaban dormidos durante las clases. Mamá decía que era por el hambre.

Durante los recreos conversaba con Julia, que algunas tardes iba a jugar a casa conmigo. Era pequeñita, a pesar de ser un año mayor que yo. Mamá le regalaba la ropa que yo ya no usaba y su mamá, una mujer baja y regordeta, con las piernas cazcorvas de tanto cargar pesados cestos con verduras, la recibía agradecida.

Un día obsequié a Julia una de las barbies desgreñadas, de aquellas refundidas en mis cajones. Mamá me las compraba cuando me esforzaba en el colegio, que era casi siempre, porque me había amenazado con que, de no ser buena estudiante, cuando grande vendería verduras en el mercado. Y a mí, solo de pensarlo, se me revolvía el estómago.

La Barbie Vaquera, la Barbie Rock Stars, la de aeróbicos, la Skipper y otras más, adornaban las repisas de mi habitación. Por las tardes jugaba con ellas y soñaba con ser grande y tener novio. Luego, cuando cumplí once años, pedí que me regalaran un Ken. Entonces los juegos cambiaron. Ya no se trataba de historias inocentes, sino de otras que me hacían sentir algo raro en el cuerpo. A veces, cuando mamá no estaba, los desnudaba y los metía a la pila de agua.

Fue también por ese tiempo cuando Edgardo y Jimena se besaron en el cine. Las barbies dejaron de interesarme y las guardé en mi armario hasta que, muchos años más tarde, las encontré convertidas en una masa de pelos y plástico enverdecido por la humedad y el paso del tiempo. Entonces volví a pensar en Julia, de quien no volvimos a saber nada. Luego le contaron a mamá que la habían matado, porque se había hecho guerrillera.

XXVI

Quiero volar sobre el lago de Coatepeque. Surcar sus aguas desde el centro hasta su orilla. Recorrer su ribera. Llegar a la isla donde existen casas inmensas que antes, mucho antes, no existían. Remontar el Izalco. Planear su cráter. Recorrer su arena. Rodear el Cerro Verde y mirar mi rostro reflejado en los vitrales que nunca vieron el volcán en erupción y donde, aún hoy día, el silencio hace doler los oídos. Cruzo la ladera, las flores, el parque que, cuando niña me parecía inmenso, y sus miradores hacia un país que no conozco. Llego al Lamatepec, al que nadie llama por su nombre y por ello sigue furioso. El volcán de Santa Ana. *Señora Santa Ana, Señor San Joaquín…*

Vuelo y remonto el vuelo. *¿Quién tuviera dos alas?* Huyo de estas nubes que han visto demasiadas sonrisas de dientes sin carne y cuencas vacías. Demasiados niños llevados por fuerza, asesinados en combate o mutilados por minas que traicionaban sus juegos.

¡Vete de aquí! A donde los alambres de púas no hablen y los aviones no hagan temblar los cerros sobre los que se baten como zancudos de fuego, deshaciendo milpas, invocando inviernos sin agua y mares de marea roja.

¡Huye de aquí! Vuela donde los desplazados encuentren tierra para levantar sus ranchos, para tender la ropa lavada en ríos limpios que no traigan sangre ni restos de cuerpos. Cruza los puentes antes de que los derriben. Alza el vuelo antes de que las trazadoras iluminen el cielo y las luces de bengala hagan caminar los árboles.

Huye de todo, de tu patria en desgracia, pero sobre todo de ti, porque no has tenido el valor para abrir los ojos.

XXVII

–Yo amaba este país porque era la patria de mi padre. Donde jugué creyendo que bajo ese mismo cielo habría de despertar el resto de mi vida –dice Jimena al tiempo en que enciende otro cigarrillo y yo apenas estoy terminando mi cortado–. Aquí, ¿has notado?, las estrellas se ven más lejos, el cielo es más negro y los volcanes son más claros. Pero aquí las cosas nunca pueden ser, porque pareciera como si ya todo fue y dejó de ser sin que nos diéramos cuenta. Aquí mucha gente ha querido vivir convencida de que todo está bien. Inventan justificaciones para lo que les desagrada y defienden a gritos lo que les conviene. Se avienen a los deseos de las clases altas y olvidan los nombres verdaderos de las cosas.

»Cuando la guerra comenzó, muchos se negaron a reconocer que era tal y quisieron creer que se trataba de simples estudiantes revoltosos que, con un poco de represión, serían fáciles de controlar.

»Al llegar a Madrid, a diferencia de lo que habíamos visto en El Salvador, nos topamos con pancartas de apoyo a la guerrilla que decían: "Gobierno de El Salvador asesino. El pueblo unido jamás será vencido". Mis hermanos y yo peleábamos por ello con nuestros compañeros de colegio. Les tratábamos de explicar que no era cierto, que el pueblo no apoyaba la guerra, que nosotros no teníamos nada que ver en ella.

»Cuando le contamos a papá, él nos dijo que había cosas que no nos había podido explicar antes porque era peligroso, pero que ahora debíamos saber.

»Fue entonces cuando descubrí, Natalia, que todos esos años había vivido engañada con respecto a la guerra.

XXVIII

"San Salvador, 6 de marzo de 1983. Juan Pablo II, visitó nuestro país por un día. Las calles por donde se condujo la caravana papal se vieron atestadas. El pontífice realizó un desvío imprevisto hacia la avenida España, con la finalidad de visitar la tumba de Monseñor Romero en la catedral metropolitana, ante la cual oró."

XXIX

Alza la mirada hacia la ventana y la luz lastima sus ojos. La fina tela gris que cubre sus pupilas los opaca. Se apoya con dificultad en los brazos de la mecedora desde la que, hace muchos años ya, mira pasar los días. El tiempo, que se le ha vuelto lento y liviano, no es como el de antes, que era lleno de ruidos y ocupaciones.

Ahora está sola en un futuro que no es el suyo. Mucho ha ocurrido. Se siente ajena en un mundo que, día con día, abandona para irse quedando en el pasado. En el del ferrocarril, las piedras en los ríos, los inmensos árboles de zunza y los jocotes sazones. Ese es su refugio.

Afuera se escuchan las risas de los niños que cabalgan sus bicicletas y juegan en su garaje a las escondidas.

Logra ponerse de pie y dar pasos lentos y arrastrados hacia el armario, donde guarda cosas que ya no recuerda por qué y que jamás tuvieron un para qué.

El chirrido de la puerta le recuerda que ésta tampoco es su casa. La suya quedó al occidente y muy lejos en el tiempo.

Levanta unos bultitos de ropa amarilla, lino deshilado, algodón marchito. Entre ellos encuentra una caja que la ha acompañado todos estos años y en la que ha ido depositando objetos que forman su pasado y la representan: fotografías viejas, agujas dobladas e inservibles por el óxido, botones aparecidos en las cornisas de las ventanas, un par de anteojos que dejó de usar cuando las sombras abrazaron sus ojos.

En el fondo, encuentra la única foto que conserva de Pedro. Pedro Damián Campos, mil novecientos veintinueve, dice en el borde de la imagen amoratada y borrosa. Y aunque ella ya no alcanza a distinguir las letras, recuerda la inscripción porque la leyó mil veces, intentando hacer coincidir sus ojos con los de aquel cadáver que vio tendido en la carreta. Los cabellos despeinados, tiesos por la sangre, las manos crispadas por el rigor mortis, el pecho descubierto, los paños manchados de tierra y los pies descalzos.

–Pero si llevaba zapatos al salir de la casa –fue lo único que atinó a decir su madre al ver el cuerpo destrozado por los perros con que los mandaron a cazar, luego de que irrumpieron en el pueblo, sacaron de sus casas a los ricos y los mataron a machetazos. Pero la mayoría estaba descalza. Podían verse sus pies gruesos sobresaliendo sobre los maderos. Eran tantos que no les fue posible contarlos. Nunca había podido explicarse por qué. Luego le había dado la razón al gobierno y había aceptado que por algo sería.

–Por algo sería –repite con voz suave y siente que aquella frase, que aún no le dice nada, le sirve desde hace cinco décadas para acallar el espíritu y el miedo.

Guarda la foto con la misma lentitud con que la ha sacado. Es jueves, recuerda de pronto, el camión debe de estar por llegar y habrá que avisar a las vecinas para que manden a las sirvientas a comprar la fruta.

XXX

¿Qué hizo hace un año? El dolor le comprime el pecho. No, no pensará en el hoy. En lo que le está ocurriendo a su cuerpo y no puede controlar. Si logra recordar lo que hizo hace un año, o dos, o quizá diez, ya no pensará en lo que está pasando. ¿Quién puede decirle que no es válido? Si tan sólo supiera qué fecha es hoy. Imagina una. Escoge un día y un mes al azar. Todos los días, durante los últimos doce años, han tenido un significado para él. Años durante los cuales ha armado y destrozado tanto, que ya el caos no tiene ningún significado. Tampoco la verdad. O eso que ha llamado verdad y que fue construido a base de amedrentamiento, chantajes, sobornos y finalmente, su propio dolor.

Intenta sonreír bajo la mascarilla de oxígeno que abarca la mitad de su rostro y que ahora le es imprescindible para respirar. Hace quince años, si es que hoy fuera la fecha que ha imaginado, observó una ciudad plana, tan plana que era imposible divisar sus límites. Viaja en un vuelo regular de la única compañía aérea que, gracias a los arreglos en los que también ha participado, ejerciendo sus influencias, sigue siendo la única que lleva a cabo esa ruta.

Imagina, por la distorsión del ambiente que observa desde la ventanilla, que afuera debe de hacer un calor sofocante. La azafata, bajo cuyo uniforme adivina dos firmes senos, le ofrece dulces en una canastilla de mimbre. Toma uno al tiempo que levanta la mirada. Le incomoda ser observado desde arriba. Agradece con un movimiento de cabeza. Se alisa el bigote con la mano y tose. El anuncio de abrocharse los cinturones se ha encendido. Deben de estar a punto de aterrizar. Se mete el caramelo en la boca. Siente un descenso abrupto. Su mano estruja el envoltorio. Disimula su miedo a volar mordiendo con intensidad el dulce de menta que ahora se ha fragmentado en su boca. Teme haberse fracturado una muela. Hurga con la punta de la lengua. Él es, dice para sus adentros, luego de comprobar que el relleno sigue estando en su sitio, uno de los pocos valientes que decidieron volver y evitar que El Salvador se convirtiera en otra Cuba. Se siente orgulloso de sí mismo y piensa que, en un futuro no lejano, acaso pueda llegar a ser reconocido como un héroe. Como una especie de salvador de su patria. Un nuevo prócer para su nación.

El viaje hasta el hotel lo hace en un auto rentado. Tiene dos horas para instalarse, darse una ducha, cambiarse de ropa y reunirse con ellos. Han creído que pueden ponerse pesados ahora que él y los demás –la gran familia de patriotas– han comenzado a hacerse cargo de la situación, que ellos tan mal manejaron.

Lo han enviado para que asegure la lealtad de ese grupo al que, hasta hoy, han logrado persuadir con "mística". Mística es la palabra mágica. Se lo han repetido hasta la saciedad. No, no es que ellos los hayan comprado y los hayan mandado a hacer el trabajo sucio. Aunque es verdad que todo lo han hecho con su dinero. Dinero de las fortunas que, con apuros, pudieron rescatar de los desmanes luego del golpe al general Romero y de la reforma agraria, la nacionalización de la banca y del comercio internacional que impulsó la Junta Revolucionaria de Gobierno. Entonces sí se asustaron. ¿Acaso no fueron ellos los que lo buscaron, luego de aquella mañana en que sus haciendas y sus bancos amanecieron rodeadas por tanquetas y decenas de soldados de la Guardia Nacional? Fue aquella la primera vez en que el ejército, creado para defender los intereses de los latifundistas y la creciente burguesía salvadoreña, ejerció la fuerza en contra de "las catorce", a las que durante décadas había protegido. Entonces sintieron miedo. Habían perdido el dominio sobre los cuerpos de seguridad y las influencias.

El nuevo gobierno, compuesto por militares traidores y comunistas disfrazados de demócratas cristianos, les había arrebatado el poder y los había abofeteado en el rostro. Entonces sacaron el dinero que aún tenían en el país –el resto estaba en Miami o en Suiza–, y se lo llevaron adonde sus inversiones estuvieran a salvo.

Él en cambio, y los demás hombres y mujeres nacionalistas de clase media, se quedaron a defender los ideales de una patria que estaba amenazada por el comunismo. Ellos sí habían dado la cara para que lo poco que tenían no se fuera al carajo. Qué cómodo les resultaba pues ahora, a estos oligarcas, criticar y exigir resultados desde su exilio dorado.

Se empeña en recordar la impresión que le causó aquella mansión en Fort Lauderdale, en cuyo jardín le esperaban ocho de los nombres más importantes. Insiste. Quiere recordar otras cosas para no pensar en la prisión en que ahora se encuentra y en la que se ha convertido su propio cuerpo. La guerra sucia en nombre de la libertad, dice, pero su voz resulta inaudible.

XXXI

–Una vez en España, papá también tuvo que sanar sus heridas –dice Jimena mientras, con sus dedos, forma pequeñas bolas de papel que ha ido arrancando de la servilleta humedecida que abraza su vaso–. Para él era difícil aceptar que, durante muchos años, había tenido que fingir y traicionarse a sí mismo y sus ideales, para ajustarse a una realidad de violencia e intimidación que lo sobrepasaba. Eso le generó mucha culpa, porque en más de alguna ocasión tuvo que dar la espalda a amigos y compañeros.

»Creo que fue por eso que, al terminar la guerra, ya no quiso volver. ¿Quién era él después de todo esto? Debió preguntárselo tantas veces. Se sentía como un rechazado en su propia patria.

»Y, sin embargo, ahí quedaron su vida, sus amigos, su infancia, la idea de ser lo que jamás sería, el dolor, la muerte, pero sobre todo: el olvido. ¿Cómo es posible que la gente haya olvidado tantas cosas, Natalia?

XXXII

Un fin de semana de retiro espiritual había bastado para que mis padres se sumieran en la religión que luego, por el temor a la guerra, se les hizo indispensable.

El encierro había durado un sábado y un domingo, durante los cuales me vi al cuidado de los tíos, con quienes me habría aburrido enormemente, de no haber sido porque logré convencer a Edgardo para que nos llevara, a Jimena y a mí, a ver la película de una niña poseída por el demonio que mis papás me habían prohibido ver, y luego a comer papitas y hamburguesas.

Pero esta vez, algo había cambiado en él. Su silencio y su mirada nos dijeron que no estaba ahí. Luego de ese día no volvió a salir con nosotras.

XXXIII

Trato de hablar con mamá sobre la guerra, pero lo evita. Tiene miedo de que cuestione su cobardía y la de papá que, al final de cuentas, fue también la mía. Necesito saber qué pasó en esos años que hemos olvidado.

Tanto papá como ella se incomodan cuando pregunto por qué nunca me explicaron la guerra. Su respuesta es siempre la misma: para protegerte.

–¿Cómo se le explica a una niña sobre muertos y sobre violencia? –Dice mamá cuando no encuentra salida a mis preguntas–. Lamentablemente nos tocó vivirlo, y ahí sí que ni tu papá ni yo podíamos hacer nada.

Sin embargo, me digo, lo que ahora duele es precisamente el silencio. El no haber sentido nada cuando debimos hacerlo.

XXXIV

Paso revista a los diarios empastados de la UCA. 1978, 1979, 1980, 1981, 1983, 1985, 1989, 19… Periódicos que, en apenas dos hojas, resumen el horror que se vivía en el país.

Apenas me alcanza el tiempo. El polvo afecta mi garganta. Cuando vuelvo siempre es por poco tiempo.

Alejandro se enfurece conmigo. Dice que cuando venimos de vacaciones debería pasar más tiempo con él, con los niños y con mis padres. Pero no puedo. No ahora que he comenzado a encontrar respuestas.

Suena el timbre. Van a cerrar ya.

XXXV

Luego de que todo comenzó, mamá se salió de maestra. Le daban miedo los comunistas que llegaban a adoctrinarlos y los obligaban a participar en sus manifestaciones. Ahí vio por vez primera a Shafik Handal.

–Ahora, la mayoría de los maestros que se dejaron embaucar y se metieron a la guerrilla están muertos –contaba a la tía Rosa María–. Los demás están presos o desaparecidos.

–Por tontos útiles –respondía ésta, cada vez con menos convicción que antes.

XXXVI

Nos dimos cita en uno de los cafés ubicados en un centro comercial de la Zona Rosa en el que, según dijo Jimena, era imposible sentarse a leer un libro, ya que las personas –en su mayoría mujeres– que acudían al lugar durante las tardes, hablaban con voz tan fuerte y se saludaban de forma tan estridente, que la concentración se hacía imposible. El cappuccino, afirmó Jimena, sin embargo, era uno de los mejores de San Salvador.

–Yo no sé, Natalia, si vos te acordás de Duarte –me increpó Jimena, luego de sorber la espuma humeante de su cucharilla–. A mí me impresionaba cuando salía en la tele y en los periódicos, demacrado y a punto de morir de cáncer. Raro que todos los líderes de esa época –Ungo y D' aubuissón incluidos– se hayan muerto de cáncer, ¿no? Decían que Estados Unidos los había envenenado para deshacerse de ellos. Quién sabe.

»El caso es que Duarte, que llegó a la presidencia luego de las primeras elecciones libres en El Salvador y por ello se autodenominó "el primer presidente de la democracia", no era un político. Sus discursos estaban llenos de buenas intenciones que nunca pudo llevar a cabo. Además era ambicioso e impulsivo. Los militares y la oligarquía lo toleraron en un inicio, porque a Reagan le resultaba simpático, ya que le era útil y manejable.

»¿Te acordás del escándalo cuando besó la bandera gringa en Washington? –dijo Jimena, al tiempo que sonrió divertida–. Eso garantizó que la ayuda de Estados Unidos, que enriqueció principalmente a los militares, siguiera llegando.

Pero sus arrebatos –no era por gusto que sus adversarios políticos lo apodaban "el loco"– lo llevaron a conformar un gobierno aislado, al final, incluso de sus propia gente –agregó–. Recibió ataques tanto de la izquierda, como de los empresarios. La guerrilla intensificó sus embestidas y la violencia se recrudeció.

»Duarte se vio obligado a ofrecer a los grupos insurgentes negociar el fin de la guerra –continuó diciendo como si no se hubiera percatado del barullo que ahora nos envolvía y que me dificultaba escucharla–. Pero la guerrilla no vio en aquel momento la necesidad de negociar, por lo que llegó a la reunión sin propuestas concretas ni ofrecimientos viables. El FMLN no estaba dispuesto a deponer las armas y el presidente no quería doblegarse ante sus solicitudes. La guerrilla no quería reformas, sino una revolución profunda que generara un cambio en la raíz de las injusticias y las desigualdades heredadas desde la época colonial –dijo–.

»Por su parte, los militares –poderosos e intransigentes– de quienes se sospechaba incluso que vendían armas al FMLN para mantener una guerra en la que ellos eran los principales beneficiados, sostenían que era sencillo derrotar militarmente a la guerrilla, al igual que un enorme sector de las clases altas.

»La falta de voluntad, por un lado, y la intransigencia de Duarte –más preocupado por evidenciar que era él quien controlaba el proceso de negociación–, hicieron que fuera imposible llegar a un acuerdo. Tanto la violencia de la guerrilla como la represión de la derecha se incrementaron –afirmó, mientras recogía despacio la poca espuma que aún flotaba sobre su cappuccino y se la llevaba a la boca.

»A mediados de septiembre de mil novecientos ochenta y cinco, un brazo armado del Partido Comunista secuestró a Inés Guadalupe Duarte, la hija mayor del presidente. Durante los cuarenta y cuatro días que duró el secuestro, Duarte tembló de angustia. Sus ministros y allegados revolotearon a su alrededor buscando una solución a la crisis. Pero Duarte, ciego de miedo, terminó accediendo a todas las peticiones de los secuestradores. Dejó en libertad a más de un centenar de guerrilleros apresados por el ejército y permitió la evacuación de miles de combatientes heridos hacia Cuba y Panamá –agregó–. El presidente fue acusado de poner los intereses personales por sobre los de la nación, de haber negociado con delincuentes y dejar en libertad a hombres y mujeres peligrosos; y, lo que era peor, de haber sentado el precedente para que los chantajes por parte de la guerrilla al gobierno continuaran, mediante el secuestro de funcionarios públicos o sus allegados.

»Por su parte, un periódico estadounidense publicó la transcripción de una cinta magnetofónica con la voz de Inés Guadalupe, en la que ésta afirmaba haber cambiado su percepción respecto a los guerrilleros, los que le habían brindado un trato respetuoso y poseían gran calidad humana, lo que contrastaba con la imagen que el gobierno y los sectores de derecha habían fomentado respecto a los rebeldes –agregó al tiempo que me miró con las cejas arqueadas–. Duarte se apresuró a afirmar que su hija se encontraba afectada por el síndrome de Estocolmo.

»Cuando llegó el fin del período de la democracia cristiana –continuó diciendo, esta vez con voz más alzada, como si de pronto se hubiera percatado del ruido y de mis dificultades para escucharla–, el país seguía sumido en la misma guerra a la que Duarte había prometido poner fin. Sus reformas económicas, la nacionalización de la banca y el comercio exterior, no habían hecho más que acrecentar la corrupción y aumentar las fortunas de los funcionarios gubernamentales, que se convirtieron en los nuevos ricos de El Salvador –dijo.

»Su administración sería recordada como un gobierno de corrupción y desatinos políticos, sociales y económicos, que decepcionó a los pocos que aún seguían creyendo en una salida democrática para la crisis.

»Arena –afirmó bajando la voz como si de pronto temiera ser escuchada, al tiempo que, por instinto, yo veía con desconfianza hacia las otras mesillas ubicadas en la pequeña terraza desde la cual podíamos observar el Cerro San Jacinto– quedó con vía libre para instaurar un período de favoritismos políticos, que habría de durar veinte años –dijo, con una voz que apenas escuché.

XXXVII

Veo fotos borrosas, en blanco y negro.

Su cara me recuerda al abuelo. No noto en él ni un rasgo de dulzura. Me asusta. Zanjas oscuras, que brotan de su nariz y orejas, cruzan su rostro y su cuello. Es la misma capilla de aquella tarde y, sin embargo, tan distinta.

En la imagen, varias monjas se arrodillan junto a su cuerpo sin vida. Entre ellas, aquella que nos habló del viacrucis.

Cincuenta mil personas acompañan al féretro, leo en el pie de foto, varias páginas después. Un francotirador lo asesinó de un solo disparo en el pecho, al momento de la consagración de la hostia. Luego, dicen, se rifaron el proyectil entre los financistas del crimen.

Estalla una bomba. La multitud se dispersa por las calles cercanas. Francotiradores, apostados en los edificios inmediatos, disparan. La catedral no da abasto.

Desde el atrio, el féretro del mártir observa los muertos.

XXXVIII

Sueño hombres gruesos que devoran hombrecitos enclenques que, aunque son muchos, nada pueden hacer para resistir. Algunos yacen entre los dientes de una inmensa boca abierta; otros corren sin poder esconderse; pero los más, observan sin animarse a reaccionar y esperaran el turno de ser devorados.

XXXIX

En mi patria atardecía despacio, como si el negro se fuera regando sobre el cielo. Cientos de pericos cruzaban las líneas de techos de asbesto, de almendros, de mangos indios y de cocoteros. En El Salvador no había tierra que desperdiciar.

A veces, cuando llegaban los vientos de octubre, las nubes se disolvían despacio con la tarde. Los días parecían fundirse con las siluetas oscuras de algún guayabo o un enorme árbol de fuego.

Yo sentía una nostalgia que no podía nombrar y me daban miedo los atardeceres que todo lo borran con su oscuridad de siglos. Entonces los fantasmas volvían. Se asomaban al presente, reclamaban nuestro olvido y nos gritaban consignas que hoy pocos pueden comprender.

XL

–¿Que cuando comencé a cobrar conciencia? –dice Jimena y repite las palabras que recién han salido de mi boca–. Yo nunca cobré conciencia, Natalia. No mientras vivía en El Salvador. Eso es lo triste.

»Vivíamos en una burbuja aislada del mundo, donde no pasaba nada, donde éramos sólo niñas y creíamos que el mal no podía tocarnos.

»Yo me dediqué a vivir mi vida y creo que todos los demás hicieron lo mismo.

»Eran los meros ochenta, la época de las fiestas de quince años, de las discotecas, del *walkman*, de los patines, del Copacabana, del Tesoro Beach.

»¿A quién le interesaba los que se estaban matando en la montaña, por quién sabe qué ideales importados de países extraños? Porque así nos lo vendían. ¿Recuerdas? Que eran ideas foráneas, que quién sabe quién había traído al país. Que eran los rusos, los cubanos, los vietnamitas, los curas españoles o las monjas gringas –dice.

»En el colegio todos opinaban igual que yo. Aunque había profesores que trataban de hacernos conciencia. Pero de esos se deshicieron rápidamente.

»Fuera de eso –agrega, mientras la escucho inmóvil y dibuja en una servilleta algo que parece un cubo–, creo que nadie se preguntó jamás por qué. Todos pensábamos que era normal y aceptábamos la guerra como parte de nuestras vidas.

»Las amenazas de bomba cada tres meses y las suspensiones de clases por balaceras, nos parecían divertidas porque perdíamos exámenes y faltábamos a clases. Las bombas de todos los viernes a las seis de la tarde eran sólo inconvenientes para los permisos para ir al cine o a alguna fiesta.

»Aunque había escasez de todo –afirma empeñada en su esbozo–, los que podíamos nos íbamos de compras a Miami. De allá traíamos ropa de moda, zapatos, electrodomésticos y hasta chocolates.

»Luego, ¿te acordás?, pegábamos los empaques de los dulces gringos –*M&m`s, Snickers, Hershey´s*– en el *Traperkeeper,* para que todos se dieran cuenta de que habíamos ido a "los Estados".

»La guerra, la falta de inversión, la escasez de divisas, los altos impuestos hacían imposibles las importaciones. Lo poco que llegaba, era vendido a precios altísimos o en la Cooperativa de los militares, que sí estaba bien abastecida, pero a la que los civiles no teníamos acceso –afirma reclinándose en la silla sin apartar la vista del cubo perfecto que ahora aparece dibujado sobre la servilleta.

»Por otro lado –dice mientras retoma el dibujo–, habíamos sido invadidos por las series gringas de televisión y por la cultura del consumismo norteamericano, en un intento por vendernos el *American lifestyle.* Por eso, para los salvadoreños, Estados Unidos, todo lo "americano" y hablar inglés eran, y siguen siendo, un tema de posicionamiento social.

»En nuestro pequeño mundo todo seguía funcionando con normalidad y pasábamos de largo las noticias. Nos parecía cansado seguir viendo muertos. Muertos quemados. Muertos semienterrados. Muertos colgados de algún puente. Muertos aventados a media carretera.

»Pero muertos es lo que cargamos ahora en la conciencia. Los nombres de los que nunca preguntamos quiénes eran, porque bastaba con que nos dijeran que eran guerrilleros para convencernos de que su muerte estaba justificada. Ellos se la buscaron, decíamos. Y con ello el crimen quedaba convalidado –afirma, al tiempo que la servilleta parece estar a punto de romperse bajo la fuerza de su mano.

»Yo, igual que tú –dice alzando de pronto la cara y mirándome con fijeza–, comprendí lo que le había ocurrido a Edgardo hasta muchos años después. Aunque sí recuerdo, que me pareció raro que nadie quisiera mencionarlo y que tus tíos guardaran tanto silencio. Y es que, en aquellos años en El Salvador –agrega mientras su mano dibuja otro cubo, esta vez más pequeño y en el interior del primero que ha esbozado–, tener un hijo de izquierda era peor que tener un hijo gay.

»Y vos, Natalia, –me pregunta, al tiempo que la servilleta se rompe finalmente bajo el impulso de su trazo– ¿en qué momento adquiriste conciencia?

XLI

–La guerra psicopolítica es la que no tiene un solo blanco, sino varios. Se desarrolla en la ciudad, en el campo, en las escuelas, en los barrios– dice el hombre calvo, cuyo rostro se oculta tras un par de gruesos aros de carey.

–¿Cuál es la intención de esta clase de guerra?

–Desviar la vida normal, desorganizar la vida del ciudadano común, a todo nivel. Hacer que pierda la seguridad y desconfíe de todo.

–Pero yo jamás he oído a nadie afirmar en El Salvador que está deprimido ni presentar ninguno de los otros síntomas que usted describe– dice el reportero que, con torpes movimientos de manos, evidencia sus intentos por hacer preguntas inteligentes.

–Porque los cambios han llegado de forma gradual y la situación ha durado ya tantos años, que las personas llegan incluso a aceptarla como normal.

– Entonces, si los seres humanos se adaptan a todo, ¿por qué habrían luego de sufrir de depresión o ansiedad?

–Porque en el inconsciente todas las condiciones descritas de temor, tensión y falta de seguridad, sí causan gran impacto. No existe una sola familia en El Salvador que no haya sufrido con la guerra. La guerra psicopolítica puede muchas veces ser incluso más inhumana y cruel que la convencional.

XLII

Guardo recuerdos de la última vez que viajamos al Oriente. "El Oriente" se escuchaba tan lejos y ya entonces estaba a tan solo tres horas en auto.

Inmensas piedras como lomos de vacas sobresalían entre el pasto verde. No hacía calor y había bruma. Luego se convirtió en territorio de la guerrilla. Después de Honduras.

Pero papá siguió yendo por trabajo. Mamá y yo rezábamos el rosario mientas lo esperábamos.

Volvía entrada la noche y contaba historias sobre haciendas destruidas, ingenios quemados y ganado acribillado. Los restos del Puente de Oro, llamado así por los millones que fueron desfalcados durante su construcción, colgaban aún sobre el Lempa.

Una vez, sin embargo, llegó hasta la media noche. Mamá, que lo había esperado con el alma en un hilo, se levantó a recibirlo. Su voz era débil. Susurraba palabras entrecortadas que yo, desde mi habitación, no alcanzaba a entender. Mamá dijo varias veces que había que dar gracias a Dios, y quiso saber cómo eran.

–Simples cipotes –lo escuché decir–. Muchachos de dieciséis o diecisiete años, mal encarados y mal comidos, aunque algunos con buena ropa. Nos trataron como si les debiéramos algo. Buscaban dinero en efectivo, medicinas y calzado. Pobres babosos –dijo–. Creo que no saben ni por qué van a matarlos.

XLIII

Despierto sobresaltada en medio de la noche. Oigo disparos. Alejandro –que nunca ha vivido en guerra– me calma. Son cuetes, dice. Intento volver a dormir. En mis oídos retumba aún el ruido.

XLIV

–¿Quién comenzó la guerra? Dicen que fueron los Estados Unidos y sus experimentos anticomunistas –afirma el anciano con voz temblorosa.

»Pero la historia comienza mucho antes de eso –se interrumpe–. Cuando sus bananeras, sus ferrocarriles y sus minas corrían peligro ante los inestables gobiernos de paisitos como los nuestros. Después vino la gran depresión. Aquí todos moríamos de hambre. No había comida ni trabajo y nos habían quitado las tierras comunales.

»No éramos comunistas, sino comuneros. No queríamos cambiar la política, sino encontrar maneras de darle de comer a los nuestros.

»Pero todo terminó en fracaso. Los líderes revolucionarios que nos alebrestaron, se echaron para atrás.

»A Farabundo Martí lo cogió preso la Policía Nacional. Lo condenó un tribunal militar y lo fusilaron junto con otros.

»Desde entonces perdimos nuestra identidad y nuestra cultura. Ya no valía la pena conservarlas, si para ellos eran la señal de que éramos comunistas.

»Casi cinco décadas de gobiernos militares hicieron creer a algunos que el hambre había quedado atrás. Pero la gente pasaba miserias. Nos faltaban tierras. Todo era manejado por los armados que gozaban del respaldo de los hacendados. "Ustedes pueden gobernar si no se meten con nuestros negocios", ese era el trato que tenían los millonarios con los militares.

»El café, el algodón, la caña de azúcar. Todo se iba para afuera y se convertía en dólares, pero nada entraba de regreso.

»Los salarios eran tan pobres que no alcanzaban ni para curarse una enfermedad. La gente quería el cambio, pero no se veía claro.

»Las elecciones, siempre trucadas, eran ganadas por los designados a dedo por el presidente.

»General Maximiliano Hernández Martínez, coronel Osmín Aguirre y Salinas, general Salvador Castañeda Castro, teniente Coronel Óscar Osorio, teniente Coronel José María Lemus, teniente coronel Julio Adalberto Rivera, general Sánchez Hernández, coronel Arturo Armando Molina, general Carlos Humberto Romero. Se sucedieron unos a los otros, heredándose el país como patrimonio privado. Derribándose unos a los otros con golpes de estado que dejaban a la nación en una situación más incierta que la anterior.

»Luego vino el último golpe. La Junta Revolucionaria de Gobierno. La reforma agraria, la nacionalización de la banca y del comercio exterior. Pero ya era tarde. La gente ya había perdido la fe en los políticos y demandaba cambios profundos y totales.

»Quizá el error de los muchachos, a finales de los setenta, haya sido abanderarse con los rojos y con los que nada tenían que ver con nosotros. Con los socialistas, comunistas, los rusos, los bolcheviques, los sandinistas, los cubanos. Todos ellos nada tenían que venir a hacer a nuestra patria. El pleito era nuestro. Venía de años. Incluso desde antes de que a los rusos se les pasara por la mente hacer su revolución. Desde que a un indio nonualco se le ocurrió revelarse y coronarse rey en la iglesia de El Pilar, para luego ser traicionado y acabar con la cabeza exhibida en una jaula de hierro.

»Desde entonces, la gente estaba brava con los ricos. No porque eran ricos, sino porque les habían quitado las tierras que ni los reyes de España les habían vedado en La Colonia.

»Entonces, cuando se vio que la situación iba para peor, se metió Estados Unidos. Le dio miedo que el enemigo bordeara sus fronteras.

»Guerra fría, le llamaron, pero aquí la cosa fue llamarada. Fueron miles los que murieron por ideologías. Miles que no entendían de qué se trataba y que sólo sabían que estaban luchando por tener un pedazo de tierra para cultivar.

»Que si fuimos un experimento de los gringos, eso no lo sé. Puede ser. Dicen que los gringos estaban preocupados por la sobrepoblación del mundo y que así se deshacían de la chatarra que tenían tirada desde la guerra de Vietnam. Lo cierto es que aquí vinieron a hacer destrozos. Entrenaron a nuestros soldados para que nos torturaran y nos asesinaran. Le dieron al gobierno más de un millón de dólares diarios, armamento, helicópteros y hasta aviones, para que nos matáramos entre nosotros. Y ni aun así pudo el ejército vencer a los muchachos.

»Pero la guerrilla también cometió sus grandes pecados. Hay que decirlo. Se escondieron entre la gente para que no los reconocieran. La autoridad mató pueblos enteros.

»Es verdad que, en un inicio, ellos pedían beneficios para nosotros. Pero después se embriagaron con sangre. Se les olvidó por qué luchaban y sólo se dedicaron a matar, destruir, extorsionar y secuestrar gente. Si hasta niños usaron para enviar sus recados. A muchos los mataron, otros perdieron las piernas al pisar minas en las carreras.

»Tenían su ideología. También es cierto. Unas cosas raras que no eran fáciles de entender. Hablaban con palabras complicadas: oligarquía, proletariado, guerra prolongada. Sólo eran claves y letras.

»Uno ya ni entendía de qué organización formaban parte. Se multiplicaban según los pleitos y los ajusticiamientos.

»Al final sólo ellos sabrían por qué hicieron la guerra.

»Pero los jodidos fuimos nosotros. Nos quedamos sin casa, sin familia, sin trabajo. Durante doce años, aquí en el campo, todo estaba desolado.

»La gente no tenía qué comer. Muchos se fueron para la capital. Y allá sólo a pasar hambre fueron, porque tampoco había trabajo.

»El país estaba mal. Las fábricas no producían nada. El café ya no daba como antes. Nadie quería venir a invertir aquí. Si ni carreteras ni torres de tendido eléctrico había, porque casi todas las habían dinamitado. "Ocho horas perras". ¿Se acuerda que así le llamábamos a los apagones, por el coronel famoso aquel?

»Cuando fue la firma de la paz, a nosotros no nos alegró gran cosa, porque sabíamos que nada iba a cambiar. Sabíamos que para nosotros todo iba a seguir siendo igual.

»Y así ha sido. Seguimos sin tierras, sin mejoras en nuestras familias, nuestros hijos siguen pobres y quizá les toque igual que a nosotros, rebuscarse todos los días por ver qué comen, porque aquí, mire, no hay nada asegurado.

»Yo quizá debí haber hecho, como hicieron otros tantos que conocí, e irme para el norte a pasar penas, pero con la alegría de poder mandarle a mi gente aunque fuera unos cuantos dolaritos para que no la pasaran tan mal. Eso sea quizá lo único de lo que, hoy por hoy, me arrepiento.

XLV

El gringo le explicó que era probable que le prohibieran volver a visitarlo. Pero él, con las manos clavadas en el cincho de su pantalón de casimir, como si aún pudiera cambiar algo, volvió a explicar los peligros que seguían latentes en el país y a los que todos quedaban expuestos si ellos, los americanos, seguían creyendo en la vía legal. Había que mantener las estructuras paralelas para que hicieran las tareas que el ejército no podía hacer. Su preocupación, dijo sin desprender la mirada del escudo colgado en la pared de su oficina –*Dios, unión libertad*–, era el trabajo de inteligencia. ¿Quién se haría cargo de los miles de enemigos de la patria que aún andaban sueltos, alebrestando a la gente y de los cuales había evidencia irrefutable en los archivos de la policía?

El gringo tamborileó varias veces el vidrio del escritorio con las uñas pulcramente recortadas, se frotó la frente con la mano enorme y dijo que ya no era posible sostener dichas organizaciones. Que se habían cometido muchos errores que habían comprometido a su gobierno, que habían hecho demasiado evidentes sus actuaciones que ahora, no iban sólo encaminadas a eliminar comunistas, sino que también –y dudó un momento a fin de escoger las palabras–, a juntar un poquito de más plata mediante otro tipo de negocios.

Él asintió y sacó del bolsillo de su chaqueta un paquete de cigarrillos mentolados. Era cierto, dijo, que varios de los compañeros –y se cuidó de no incluirse– se habían desviado del camino de la lucha y ahora comercializaban armas, drogas y se dedicaban a los secuestros de árabes y de amigos adinerados. Secuestros de los cuales acusaban a las organizaciones guerrilleras, haciendo llegar a los familiares fotografías de las víctimas sosteniendo banderas del FPL o rusas.

–¿Pero cómo vamos a pedirle otra cosa a estas gentes, si es lo único que saben hacer? No podemos pasar por alto que estos hombres se han sacrificado los últimos diez años para combatir a los enemigos del estado y de su país –dijo al tiempo que tosía con intensidad y le ofrecía un cigarrillo *Diplomat,* que el gringo rechazó con un gesto de la mano.

Dejó caer su cuerpo sobre la silla giratoria, cuyos resortes rechinaron bajo su peso y, con el poco aire que la tos provocada por el cigarrillo le permitía, agregó que la culpa de todo la tenía el gobierno por haber accedido a las peticiones de la comisión de derechos humanos.

–El problema –continuó en cuanto la asfixia se lo permitió–, es que no va a estar tan fácil lo que ustedes piden. Según los cálculos, al menos uno de cada cincuenta salvadoreños pertenece a la organización y ayuda a recoger información –dijo.

Pero el gringo no pareció contrariarse y afirmó contar con información de que los asesinatos, desde que ellos comenzaron a implementar sus métodos, habían aumentado de doscientos al año a casi mil al mes. Gracias a ello, dijo, ahora el gobierno de El Salvador había cobrado fama, a nivel internacional, de ser uno de los peores violadores de derechos humanos del mundo. Incluso más que varios países africanos, concluyó.

Él sacudió la ceniza de su cigarrillo sobre el grueso cenicero que, meses atrás, se había robado del despacho presidencial, del que ahora era asiduo visitante. Tomó de la repisa tras de sí un pequeño libro empastado en cuero negro. Lo abrió en una de las páginas que tenía marcadas y leyó: "Nada de lo que hagas para defender a tu país puede estar en contra de la ley".

–Lo dijo Napoleón –aseguró al gringo, arqueando las cejas. Pero este se limitó a alzar los hombros, al tiempo que él volvía a toser con tanta fuerza que pareció que iba a ahogarse.

XLVI

El encargado me pasa, de mala gana, otro volumen de periódicos empastados. Noviembre de mil novecientos ochenta y cinco, dice en letras doradas.

Lo abro al azar.

Leo un titular: "Reagan y Gorbachov Prometen Evitar Guerra Nuclear."

Dos páginas después leo: "La Organización de Médicos para la Prevención de una guerra nuclear advierte que cada habitante de la tierra tiene 'asignadas' cuatro toneladas de dinamita, según el potencial de armas nucleares que existe en este momento."

Me reclino en la silla. Mi espalda resiente la postura. El calor ha comenzado a sofocarme.

Decido terminar de revisar este volumen antes de salir a tomar algo en la cafetería. Hojeo con desgano.

"El Ministerio de Salud Pública admitió que ya se ha presentado el primer caso del 'Síndrome de inmuno-deficiencia adquirida' en el país, y reconoce la posibilidad de que se presenten otros más, sobre todo en personas con debilidades orgánicas tales como hemofílicos, drogadictos, y demás gente de hábitos poco honorables."

Dos páginas después, tal como Jimena me lo insinuó, encuentro el nombre del tío.

XLVII

–No torturábamos para sacar información. Cuando ya teníamos capturada a la persona, esta la soltaba en las primeras de cambio. Muchas veces la información había sido incluso obtenida previamente.

»No solo aprendí a torturar, sino que también les enseñé a otros.

»Ahora me parece imposible que lo haya hecho pero, en aquel entonces, lo veía como normal.

»A nosotros se nos enseñaba, durante todo el entrenamiento, que éramos seres más fuertes e infalibles que el enemigo. La tortura es, más que nada, una satisfacción personal que se le permite al soldado para que se sienta poderoso.

»Ahí, frente al detenido, él es Dios. Él puede decidir sobre el cuerpo y sobre la vida del individuo. Por ello, los mejores torturadores son aquellos que han sufrido algún trauma como, por ejemplo, las mujeres que han sido violadas o los que han sufrido alguna clase de abuso por parte de sus padres. Esos torturan con tirria y no sienten lástima.

»Si un soldado siente compasión por el detenido o se convierte en su amigo, hay que torturarlo también a él. Nunca debe olvidar que en servicio ya no es un ser humano. Antes que nada es un soldado y debe acatar órdenes.

»¿Ve estas cicatrices que tengo aquí? —y se descubre el abdomen enflaquecido–. Esta –dice al tiempo que hunde su dedo en la piel– fue una cuchillada. Y estas otras fueron dos balas.

Le pregunto qué se siente recibir un tiro.

–Al principio –responde– nada. Luego se siente caliente, después mucho miedo y rabia. Es que no puede ser –dice con la mirada fija en sus manos– que un tipo que no ha recibido entrenamiento, que no posee el poder ni las armas que uno tiene, sea capaz de lastimarlo a uno. Por ello, cuando me vi lleno de sangre, cerré los ojos y dejé ir toda la ráfaga de mi arma.

»Pero así pensaba yo antes –dice frotando el revés de su mano contra su boca–. Ahora, he aprendido que lo más importante es la misericordia de Dios –agrega, al tiempo que sonríe y se toca el pecho a la altura del corazón.

XLVIII

La tarde en que Edgardo desapareció, los tíos acudieron a hospitales, morgues, la Cruz Roja, pero nadie dio razón. En la Policía de Hacienda negaron haberlo apresado. Igual ocurrió en la Guardia Nacional.

Durante varias semanas la tía Rosa María, mamá y yo, rezamos para que estuviera bien. Porque fuera un error y que un buen día lo viéramos aparecer por la calle. Pero Edgardo no volvió.

¿Qué sería de él?, pensaba yo por las noches. Y aunque un horror inmenso me atravesaba, en aquel momento no pude siquiera imaginar la realidad.

Luego todo fue silencio. Cada uno fue olvidando el dolor y la vida siguió su curso para todos, con excepción de los tíos que se distanciaron de todos. Meses después el tío enfermó gravemente. La tía, por su parte, se refugió en una de las asambleas cristianas que, financiadas por los gringos, habían comenzado a surgir en nuestro país.

XLIX

¿Recuerdas aún? ¿O has decidido olvidar, como la gran mayoría, esta guerra cuyos muertos todavía cantan por las noches y aman las causas por las que murieron?

¿Dónde están los nombres de los hombres y mujeres, de los niños y las niñas de la guerra? Porque una pared de granito, por inmensa que sea, no devuelve sus rostros ni su vida. Por mucho que así lo haya recomendado una comisión extranjera y el gobierno en turno no haya dado el apoyo requerido y el nombre de Óscar Arnulfo Romero se encuentre entre ellos, estos aún nos llaman.

¿No los oyes? Es porque el olvido, no la muerte, ha comenzado a silenciarlos.

L

"No obstante el desacuerdo del propio Juan Pablo II y del cardenal prefecto de la Congregación de la Doctrina de la Fe, José Ratzinger, Ellacuría sigue apoyando lo que él llama 'lo bueno de Marx', olvidando así el sentido sobrenatural de la Iglesia."

LI

A finales de los ochenta el mundo estaba cambiando, pero nosotros no cambiábamos con él. El Salvador vivía una historia paralela, como si la mano del tiempo nos hubiera soltado.

Mientras, al otro lado del Atlántico, miles de personas recogían los trozos de un muro que durante veintiocho años había dividido a su patria, a nosotros se nos pedía unidad nacional, cuando desconfiábamos los unos de los otros. Los desacuerdos eran insalvables.

"Miles de visitantes orientales, impulsados por los acontecimientos de la semana recién pasada, pasean por el barrio comercial de Kurfuerstendamm, donde son obsequiados con cien marcos para que puedan consumir al mejor estilo occidental."

Entre los enmontañados que no daban la cara y los que se drogaban para darse el valor de matar, entre los que callábamos y los que maldecíamos para no tener que entender, entre los que prefirieron huir antes que morir en la patria, entre los que no deseábamos aceptar que había razones para la guerra, entre los que las sabían pero rechazaban los cambios, entre los que manejaban el país desde la oscuridad y tenían un pueblo entero atemorizado, entre los que habíamos perdido la fe y la esperanza, no había nada en común. ¿Cómo habría sido entonces posible conformar una nación sobre el silencio?

LII

Aquel sábado por la tarde, recién habíamos vuelto del cine, cuando sonaron los primeros disparos. Aunque estábamos acostumbrados a oírlos, esta vez no eran descargas esporádicas, sino ráfagas prolongadas e intensas.

El repiqueteo se mantuvo hasta la madrugada.

A la mañana siguiente el sonido de aviones y helicópteros nos sobresaltó. Nuestro pulso aumentó cuando los vimos sobrevolar nuestras casas como animales amenazantes, hasta que la lluvia los obligó a retirarse.

Los combates y las bombas no cesaron ni esa ni las noches siguientes.

Tanquetas y soldados cruzaban las calles de San Salvador.

San Jacinto, San Marcos y hasta el cielo de la casa presidencial eran cruzados por artillados que, por las noches, utilizaban miras infrarrojas para buscar guerrilleros atrincherados en los barrancos que rodean la capital.

Las comunicaciones estaban cortadas. Nos enterábamos de las noticias por amigos o por vecinos. Los voceros de las autoridades informaban, desinformaban, inventaban y mentían con silencio. El gobierno no sabía cómo reaccionar y había pedido a los medios obviar los hechos hasta que la situación estuviera controlada.

Las fuerzas guerrilleras los habían tomado por sorpresa y eran mucho más fuertes de lo que, durante toda la guerra, se había creído.

A tan solo seis días de iniciado un ataque que habría de durar más de sesenta, se estimaba que se habían producido trescientos muertos y similar número de heridos en todo el país.

El gobierno estimaba que por lo menos un millar y medio de combatientes del FMLN se encontraba infiltrado en la capital.

El mito de una guerrilla moribunda y desmoralizada se vino abajo. Los rebeldes habían logrado llegar hasta nuestras colonias, invadir nuestra ciudad, hacernos sentir su fuerza y, por primera vez en toda la guerra, nos sentimos realmente vulnerables.

Por otro lado, la gente que habitaba los barrios populosos se negó a salir a las calles y apoyar a la guerrilla. Camiones llenos de armas quedaron abandonados a la espera de la tan soñada revolución. La guerrilla tuvo que obligarles a salir de sus casas y cavar zanjas. La desconfianza hacia la guerrilla era entonces tan grande como la que existía en contra del ejército.

El cansancio y el rechazo de la población hacia una guerra –tan ilógica como prolongada– cuya finalidad era instalar un sistema que hacía tan sólo dos días había muerto en Europa, quedaron evidenciados. Lo que había comenzado como una utopía revolucionaria, se había convertido en la pesadilla más grande de nuestra historia.

LIII

–¿Sabés qué fue lo más duro? –dice Jimena, cuyo rostro luego de tantos encuentros vuelve a parecerme familiar–. Cuando me di cuenta de que nosotros, aquí en El Salvador, desconocíamos absolutamente todo lo que ocurría en la guerra. Los periódicos, las noticias, la televisión nos hacían creer que los guerrilleros eran los malos y el gobierno el bueno.

»Luego supe que eran los militares los que redactaban los comunicados de prensa que los periódicos publicaban como propios. Que la guerra era inventada y reinventada por los medios, y que nuestras percepciones no eran más que las que el gobierno quería que tuviéramos.

»Lo grave es que, aún hoy, mucha gente no logra armar el rompecabezas y prefiere seguir creyendo en el monstruo que nos crearon. Teme quedarse sin sus casas y sin sus privilegios, si un gobierno de izquierda llega al poder.

»Mientras tanto, y en pleno siglo veintiuno, El Salvador sigue sin conocer términos medios e intenta encontrar soluciones a través de vías que en el pasado han demostrado su inefectividad.

LIV

Tras varias semanas de combate entre la Fuerza Armada y la guerrilla en San Salvador, los cadáveres yacían en bolsas de plástico. Eran soldados y guerrilleros, pero también civiles. Los edificios multifamiliares semidestruidos de los barrios populares eran testigos del horror.

La Zacamil, la Santa Marta, Soyapango, Mejicanos. Saldos de ruina y muerte. Decenas de familias sin casa, en duelo, heridas, desaparecidas. Eran civiles indefensos, otros eran idealistas proactivos, otros, hombres hambrientos con armas y uniformes.

Diversos ataques terroristas han sido perpetrados en contra de Casa Presidencial de la Colonia Escalón y el Consejo Central de Elecciones, así como de las residencias personales del presidente de la República, Licenciado Alfredo Cristiani Burkard, y del presidente y vicepresidente del órgano legislativo. También han sido atacadas diversas brigadas de infantería, en las ciudades de Usulután y San Miguel, sin que hasta ahora los guerrilleros hayan logrado éxito en sus fines ilícitos.

Casas saqueadas, autos quemados, barricadas en las principales calles de la ciudad. Cuerpos de soldados o guerrilleros calcinados o detonados con granadas, carnes colgando de los columpios junto a las piscinas rodeadas de palmeras, helechos y colas de quetzal de las casas grandes. Manos inmóviles en su último intento por asirse a los barandales y al *razor* electrificado, que protegía los altos muros de la zona residencial de la capital.

Pero ahora los muertos y heridos no eran anónimos. Esta vez tenían rostro y nombre. Eran amigos y familiares. Todos conocíamos a alguien que tenía algo que lamentar.

La Cruz Roja no se daba abasto, los bancos de sangre estaban vacíos y los hospitales, colapsados o destruidos.

Pero ahí no estaban los que tenían intereses en la lucha. Esos no se asomaban ni respiraban el olor a carne chamuscada y a sangre reseca. Ahora nos tocaba a nosotros, a los que nada teníamos que ver en la guerra, a los clasemedieros que habíamos hecho de oídos sordos, pagar el saldo de una lucha sin sentido.

Es de suma urgencia expulsar del país a los jesuitas ya que han dado apoyo al FMLN, escondiendo armas en las instalaciones de la Universidad Centroamericana José Simeón Cañas, desde inicios del conflicto armado, y dicha situación ya no puede ser tolerada, manifestaron varios radioescuchas vía telefónica.

"En otro orden de noticias, diversas familias han perdido sus casas, haberes y hasta sus vidas en estos terribles cinco días de violencia, ya que, debido a los combates se han visto obligados a abandonarlo todo y huir. Algunos, según datos aportados por vecinos, han debido cargar a los heridos desde Soyapango. Los muertos fueron dejados en casa y no ha habido forma de rescatarlos, aseveraron, ya que los guerrilleros se han refugiado en sus viviendas y han afirmado que de ellas saldrán únicamente muertos. 'Lo triste —dijo una de las personas entrevistadas y que llevaba una prenda blanca atada a una escoba, para señalizar que se trataba de civiles— es que antes de que ellos mueran, nos estamos muriendo nosotros'."

En la cercanía una ametralladora tableteaba al tiempo que detonaciones distintas respondían, hasta que alguna de las dos cesaba en su estruendo.

Mirábamos al cielo con los ojos perdidos para buscar pequeñas luces que lo trazaban. A veces el ruido de los helicópteros alertaba, pero no se lograba ver nada en la oscuridad del cielo de San Salvador.

Durante esos días de angustia, las noches pasaron lentas, y nosotros, pendientes de las explosiones, de las bombas y de los disparos, que eran sentidos por la piel antes que por los oídos, porque era el aire el que transportaba el temblor y el desasosiego.

La Casa Blanca condenó la ofensiva guerrillera lanzada el fin de semana último en El Salvador, y señaló que la misma era una evidencia de los continuos esfuerzos del gobierno marxista nicaragüense por imponer el régimen en Centroamérica.

Marlin Fitzwater, Secretario de prensa de la Casa Blanca, manifestó que el gobierno estadounidense espera que el presidente Alfredo Cristiani pueda manejar la situación, la cual se constituye en el ataque rebelde más fuerte en los últimos ocho años.

Mientras, por la televisión se anunciaba la actuación de Karmina y su Orquesta junto a Espíritu Libre, Fuerza 3, la Pandilla Luminosa y el Grupo Bongo en la Avenida Roosevelt de San Miguel… *Ni pobre ni rico, ni joven ni viejo, ni bello ni feo, ni chele ni prieto, ni hembra ni macho, ni alto ni bajo. Todo es igual en San Miguel en carnaval…*

LV

—¡Hey! Vamos a entrar. Somos soldados –repetía la voz ronca desde el techo de nuestra casa.

Pero ninguno tuvo valor de asomarse al jardín.

El rostro embetunado del hombre que asomaba por el techo, nos espantó. Varias cabezas y media docena de ametralladoras aparecieron tras de él.

—Vamos a entrar –dijo–. Tenemos orden de cateo. Tranquilos que no pasa nada. Es sólo cuestión de rutina.

Uno por uno se fue lanzando hacia nuestra terraza. Uno de ellos, el que portaba un lanzamisiles que le superaba en tamaño, se deslizó y cayó al suelo con estruendo. El arma, las granadas y demás municiones se dispersaron por el piso y el jardín. Una por una ayudamos a recogerlas. Y mientras algunos de los soldados se apostaban en el techo y muros de las casas vecinas, otros catearon nuestra casa. Luego se marcharon saltando de muro en muro hacia las casas vecinas, donde los gritos de los niños que las habitaban iban siendo cada vez más estridentes.

LVI

Alejandro dice que no debo ser masoquista e insistir en ver estas fotos. Y yo no le puedo explicar por qué lo hago.

–Habíamos aprendido a distinguir las balas de los cuetes –le digo sin ilación aparente–. Un disparo repiqueteaba conciso y sin eco. Había algo metálico en aquel sonido que aún puedo recordar sin dificultad.

»Alguien me dijo una vez que yo debía estar traumada por la guerra y lo negué. La guerra, le respondí, no tenía nada que ver con nosotros, los que vivíamos resguardados y protegidos de la violencia, creyendo que los noticieros extranjeros exageraban y que sólo mostraban lo peor del país.

»Para nosotros lo raro vino después, cuando llegó la paz y aparecieron las maras, los asesinatos por venganza, los secuestros, los desmovilizados, las manifestaciones de los desfalcados por los bancos, las purgas entre la oligarquía, los exguerrilleros fungiendo como diputados, como alcaldes, como policías, o como columnistas en los periódicos.

»Eso es lo que hacen las amnistías generales –le digo a Alejandro que me escucha atónito–. Crean realidades en las que cada uno tiene que ver qué hace con su dolor.

LVII

–A mí me gustaba cuando salía en la tele. ¿A vos no? Era tan guapo, tan elegante. Además era millonario, caficultor, un tipo culto. O así parecía, tomando en cuenta a los chafarotes que le habían precedido. Creo que se había graduado de Georgetown. ¿Cuándo en la vida habíamos tenido un presidente así?

»Bueno, sí. Tenés razón. Siempre fueron los millonarios los que gobernaron nuestro país, aunque jamás dieran la cara. Los oligarcas, los empresarios, los cafetaleros, la "gente de bien".

»Pero Cristiani nos daba confianza. Era un hombre que aparentaba tranquilidad y tenía aires de saber lo que hacía.

»¿Te acordás cuando le dio el beso a la Margarita en Chapultepec?

»Sin embargo, lo primero que hizo al llegar al poder fue reprivatizar la banca y disolver los entes estatales que controlaban el comercio exterior. Los bancos quedaron en pocas manos y la gente, la de siempre, se hizo más rica a costa de todo el pueblo. Dicen que desde los acuerdos de paz se había pactado la venta de todos los bancos del país a las grandes financieras mundiales.

»Bien decían que la paz no se había firmado para parar la violencia y los muertos, sino para pacificar el país y poder implantar un modelo neoliberal.

»Ya con la llegada de Calderón Sol se abrieron las fronteras a los productos extranjeros. Invadieron el mercado los zapatos chinos, la ropa de maquila, los productos de mala calidad a precios que, para la incipiente industria nacional, fueron imposibles de igualar.

»Mucha gente tuvo que cerrar el negocio que con tanto esfuerzo había levantado durante los años de la guerra, cuando la economía estaba por los suelos, no había nada que comprar y, para distribuir la mercadería en el país, debía arriesgarse hasta la vida.

»Pero aún entonces, esta gente siguió apoyando a los gobiernos de Arena porque, según ellos, al menos los habían salvado del avasallamiento del comunismo.

LVIII

El dieciséis de noviembre de mil novecientos ochenta y nueve, elementos del ejército salvadoreño irrumpieron las instalaciones de la Universidad Centroamericana (UCA), asesinando a su rector, el jesuita de nacionalidad española Ignacio Ellacuría, y a los sacerdotes de la misma nacionalidad: Segundo Montes, Ignacio Martín Baró, Juan Ramón Moreno y Armando López, así como al salvadoreño Joaquín López y López, y a su empleada doméstica Elba Ramos y a su hija Celina, de dieciséis años de edad.

A veinte años de ocurrido el asesinato, se espera que El Salvador respete los acuerdos bilaterales de extradición suscritos con España, los pactos de cooperación internacional en materia penal y se consiga avanzar en las investigaciones.

El juez Eloy Velasco dio trámite a la querella presentada contra catorce militares salvadoreños por asesinatos y por violentar el derecho de gentes durante los años que duró la guerra civil que desangró a un pueblo en una violencia sin precedentes.

LIX

Despierta sobresaltada. Todo ha sido un mal sueño. Quiere creer que no es verdad. Se levanta. Se calza las pantuflas, cuidando de tocar el suelo con el pie derecho. Levantarse con el izquierdo le traería mala suerte. Luego piensa que el pastor le ha dicho que la superstición no es cosa buena. De cualquier modo no puede evitar persignarse. Lo hace con una mezcla de miedo y rabia que, aún ahora, tantos años después, no ha logrado borrar de su conciencia. Los ritos y los rezos, lo sabe, no lograron salvarla del dolor.

Se cuida de no hacer ruido y abre la puerta de su habitación. A su marido, que duerme en la habitación continua, lo pone furioso que lo moleste cuando descansa. Otro rasgo marcado de carácter que ella ha debido soportar. Por eso a su hijo, cuando pequeño, debía prohibirle hablar fuerte, reírse, jugar a la pelota, opinar en la mesa. A él, que desde niño lloraba al encontrar pichones caídos de sus nidos, le angustiaba encontrarlos agonizantes mientras eran devorados por hormigas. Los rescataba, los llevaba a casa, los limpiaba con cuidado, les curaba las picaduras, intentaba alimentarlos y, cuando finalmente morían, no podía entenderlo. ¿Por qué nunca es posible rescatar a un pichón?, preguntaba. Y ella intentaba aplacar su angustia, diciéndole que así era, que nunca podía hacerse nada por los pajarillos caídos de sus nidos, excepto intentar darles calor y cubrirlos con trapos en una caja de zapatos. Pero ella sufría al verlo sufrir. Al verlo soportar los castigos que el padre le imponía para que mejorara sus calificaciones, porque la matemática, la física, la química no eran su fuerte, y su padre quería que fuera ingeniero como él. Pero a Edgardo le fascinaban las ciencias naturales, las letras y los estudios sociales. En esas materias sacaba buenas notas. Apenas debía esforzarse para memorizar las lecciones, y las repetía con gusto y se las comentaba a ella mientras iban de camino al supermercado, a misa o a visitar a los tíos a la Costa del Sol. Pero su marido decía que esas eran culeradas. Que lo que un hombre debía aprender eran asuntos útiles. Que para que el muchacho se convirtiera en hombre, debía aprender a luchar, a manejar armas, a conducir un auto, a jugar al fútbol. Su hijo permanecía callado en el asiento trasero, sin protestar ni contradecir a su padre, porque fue siempre un buen chico. ¿Acaso no lo dijeron siempre los curas del colegio? Un niño responsable, honesto e inteligente. Un joven en quien era posible confiar y con preocupación por los más necesitados. Ella debió notar las señales, pero no lo hizo porque, pese a los reclamos de su marido, ella no veía nada de malo en que su hijo fuera un buen cristiano. Fue por eso que al graduarse, sin que ellos pudieran hacerlo cambiar de idea, se metió a estudiar en la UCA, cuando la situación ya se estaba poniendo fea de verdad.

Cruza el pasillo y se detiene. Le cuesta reconocerse en el espejo colocado sobre la cómoda. Le asusta su rostro demacrado, como si veinte años le hubieran caído encima de la noche a la mañana. No recuerda haberse visto tantas canas, ni las arrugas en el cuello, ni las manos venosas. Tampoco recuerda que sus ojos fueran tan pequeños, casi perdidos en el rostro. Se propina pequeños golpecitos en los párpados. Ajusta su bata. Camina hacia la puerta al final del pasillo. Siente la frialdad y la redondez de la chapa en la mano. Se detiene. Tiene un mal presentimiento. Algo le dice que es mejor no abrir. Que aunque ingrese sigilosa, perturbará algo frágil como un recuerdo. Algo que la sostiene apenas y le da ánimos para continuar su vida. Retrocede. Tropieza con un cuerpo enorme que la

abraza. Ella se deja abrigar por el calor de aquel hombre al que ya no reconoce, y cuyo pecho regurgita. Llora con tanta fuerza que siente que el corazón le va a explotar. No sabe por qué. No quiere saberlo.
Así abrazada y sin hacer intentos por soltarse, es guiada de vuelta a la cama. Intenta recordar qué había en aquella habitación a la que no tuvo el coraje para entrar. Él la cubre con una colcha de hilo blanco. Las madrugadas de marzo son calurosas. Mientras, ella piensa en la puerta y se asegura a sí misma que en cuanto amanezca, tendrá el valor para abrirla.

LX

Guardé silencio. Era el sonido sordo y opaco nuevamente. Vi el reloj. Eran las once de la noche. Tenía sueño, pero mi cuerpo se puso alerta ante las detonaciones. Con el cuaderno de matemáticas y el lápiz en la mano, busqué alejarme de la ventana. Balas perdidas eran cosa común. Pero las matemáticas me preocupaban mucho más. ¿Qué pasaría si en el examen no lograba resolver los problemas? Raíz cuadrada de… Y las detonaciones se oyeron nuevamente.

Días más tarde supe que los tíos habían quedado atrapados en su casa. La calle donde ahora vivían fue la más afectada. De nueva cuenta quemaron carros, botaron postes, destriparon transformadores de energía eléctrica. Eran los últimos recrudecimientos de una guerra cuyo final, paradójicamente, ya se estaba negociando en el extranjero.

Los disparos volvieron a escucharse. Esta vez más lejos. Prendí la tele para no oírlos.

LXI

–O sea que la opción democrática que tanto rechazaron los que prefirieron irse por las armas sí fue posible luego de los acuerdos de paz –dice Jimena, que esta vez me ha citado en uno de eso bares bohemios que abrieron luego de la firma de la paz. Lugares impensables durante la guerra, y donde se dan cita periodistas, intelectuales, escritores y otros personajes de ámbitos que, durante el conflicto, causaban desconfianza y a los que les habría sido imposible reunirse públicamente en aquel tiempo, sin haber sido sospechosos de conspiración.

Jimena da un largo trago a su cerveza que, a estas alturas y con la calidez de la tarde, pienso, debe de estar tibia.

–Lo que me pregunto es si ello habría sido posible sin la guerra –digo con cierto retraimiento, al tiempo que me doy cuenta de que no me siento cómoda hablando de política y menos en este lugar que, dicen las malas lenguas, es propiedad de exguerrilleros.

–Quién sabe –responde Jimena–. Yo creo que todos esos muertos y todo ese dolor se habría podido evitar. Que con solo que los de arriba, pero no los achichincles ni los prestanombres ni los militares, sino los ricos, los que mandan de verdad, los dueños del país, hubieran dado oportunidades a la gente, las cosas hubieran podido ser distintas. Con solo que se hubieran dado cuenta de que era inevitable generar un cambio, entonces, estoy segura, nos habríamos evitado los setenta y cinco mil muertos y los otros miles de heridos y discapacitados. Pero no hemos querido aprender del pasado. Y eso es lo aterrador.

Da un nuevo sorbo a la escasa cerveza que queda en el vaso. Yo aprovecho para llamar a la mesera, que viste de negro y tenis. Pido otra *Diet Coke* y un vaso con hielo. Jimena pide otra Pilsener.

–He hablado con gente, de uno y otro bando, que luchó durante la guerra –continúa–, y les he preguntado para qué sirvieron tantos muertos. Que no les pregunte eso, me han respondido. Que no se vale. Que esas cosas no se pueden contestar. Pero creo que muy en el fondo, Natalia, ellos también saben que todo fue un absurdo espantoso. Que tanta muerte no sirvió de nada. Que las causas que produjeron la guerra siguen estando ahí y que nada ha cambiado.

La mesera vuelve, trayendo mi vaso envuelto en una servilleta de papel. La lata y la cerveza gotean por el contraste de la temperatura con el ambiente. Jimena le agradece sin mirarla, y la chica recoge el cenicero lleno de colillas y coloca uno limpio en la mesa.

–Yo sí creo que otra guerra es probable –dice Jimena una vez la mesera se ha ido–. Tal vez no ahora. Quizá no de aquí a un año. Pero cuando la pobreza y la desigualdad vuelvan a causar desesperación entre la gente y prendan de nuevo la rabia en un país que no es pobre, sino tremendamente desigual. La memoria, Natalia –dicen Jimena al tiempo que su cerveza espumea en el vaso–, eso es lo que nos ha fallado siempre a los salvadoreños.

LXII

Fue después de los acuerdos de paz que El Salvador se nos abrió a los que nunca tuvimos inquietud por conocerlo. Yo ni imaginaba sus colores, sus vistas, sus volcanes. Pero sobre todo, sus rostros. Rostros que formaron aldeas, pueblos y ciudades ignoradas. Unas viendo al mar, otras, a las montañas o valles, pero todas agobiadas por un sol que no da descanso y agota al propio y, con mayor razón, al extraño.

¿Quién no ama el hogar, la tierra natal? Descubrimos sus cerros pelones y grises, sus volcanes perfectos y los amorfos. Las verdes cuadrículas de cafetos de pequeñas hojas brillantes. Las casitas dibujadas entre cerros, desplayadas sobre valles. Cerros apuñados y marcados por las cicatrices del invierno, que solo se diferencia del verano por el agua que hincha el Lempa y el Acelhuate, y cae cuantiosa durante días mientras que, por las noches, rompe el cielo con estruendos morados.

LXIII

Veo una imagen, como tantas que he visto en los periódicos. En ella, un soldado carga el cadáver de una niña de unos ocho años, de largos cabellos bañados en sangre. Tras él, tres mujeres caminan con el rostro deformado por el dolor. Una llora, la otra le toma la mano, la tercera las obliga a caminar. A sus espaldas, una tanqueta aplasta el asfalto.

¿Quién la ha matado? ¿Por qué? ¿Qué sería de ella de estar viva ahora? ¿Qué fue de mí, que sobreviví y no logré hacer nada con este dolor?

LXIV

Era de un gris tan triste y de jardines tan sombríos, que casi no podía creer que fuera el lugar en donde a Edgardo le gustaba pasar tanto tiempo.

En las paredes había leyendas mal disimuladas con capas de cemento. Las habían escrito durante la guerra, cuando –según decían– los curas habían escondido armas en la universidad y fraguaban planes para deponer al gobierno de turno.

Yo, que no sabía siquiera que existiera el museo, fui más por morbo que porque me interesaran los hechos. No me atreví a firmar el libro de visitas con mi nombre, y escribí uno inventado. Uno que me permitiera mirar sin dejar evidencia de mi atestiguamiento.

Hombres tendidos boca abajo en un jardín regado con sangre. Las cabezas destrozadas. La materia gris sobre el pasto. Los pasillos cruzados por hilos de hemorragias.

Habían muerto años atrás, cerca de la casa a la que nos habíamos mudado para huir de la violencia que nos había obligado a pasar ocultos bajo la cama, una madrugada de locura.

Fueron los mismos soldados que a la mañana siguiente registraron nuestra casa y se fueron pateando techos y miedos de una guerra que no entendíamos, pero que aquel día nos tocó el rostro y nos susurró al oído.

Un cuadro de monseñor Romero me observaba desde la pared. Su mirada y sus manos serenas me eran ahora conocidas. En el lienzo, quemado por una bala, su corazón había vuelto a ser atravesado.

En la capilla, el viacrucis se componía de muertos atados de manos y pies con alambre de púas, cuerpos cosidos a tiros, el sexo hinchado por las vejaciones, los ojos desorbitados por las torturas y los pies heridos por las caminatas forzadas.

Este Dios, me dije, tenía que ser distinto al mío, porque el mío solo daba la cara a los que nada sabían, a los que no deseaban enterarse, a los que vivían felices en medio de todo aquel dolor. El mío tenía miedo, y éste, en cambio, alzaba la voz por las víctimas y por los más necesitados.

Entonces, como quien despierta de un letargo, comprendí que yo también había vivido de espaldas y había llenado mi mundo de aquello que no pudiera dañarme. Pero los muertos, que ahora me hablaban, reclamaban mi desdén y mi indiferencia ante sus suplicios.

Comprendí que yo, con mi silencio, también había sido cómplice de esta historia macabra de muerte y dolor.

Me arrodillé en una banca. Restregué mis ojos con abatimiento. La vergüenza, que no había sentido hasta entonces, escapó entre mis dedos.

–Perdón –susurré entre sollozos–, pero nunca lo supe… hasta ahora.

LXV

–Y así han pasado veinte años, como si nada, Natalia.

Hace tan sólo unos meses se conmemoró la caída de la cortina de hierro. Fueron veintiocho años los que dividió al mundo en Oriente y Occidente. Y aunque hoy casi se nos haya olvidado, fue un símbolo de la guerra fría.

Mil piezas de un dominó gigante fueron derribadas en el lugar en donde hoy solo quedan placas conmemorativas. Una ironía que la canciller hubiera nacido en Alemania comunista, ¿verdad?

Pero lo verdaderamente irónico fue que, al mismo tiempo, mientras el mundo celebraba los veinte años del fin del comunismo, un huracán provocó en El Salvador mil muertos, centenares de heridos, varios desaparecidos, derrumbes y desbordamientos de ríos, doce mil personas damnificadas y cuatro mil evacuadas.

Así de graves son siempre las tragedias en nuestro país.

LXVI

–¿Te imaginás lo que nos habría ocurrido si un régimen comunista nos hubiera sido impuesto? –dice papá a Alejandro, como si no hubiera expresado lo mismo mil veces–. Habríamos sido otra China –dice– ¡Todos vestidos igual y comiendo lo mismo!

–Pero al menos –digo, sin levantar la vista de las pupusas que la sirvienta de mamá recién ha echado para nosotros– todos habríamos tenido qué comer.

Papá me mira desconcertado, luego mira a Alejandro. No sabe qué decir. Sabe que acusarme frente a mi marido de comunista y a estas alturas, sería ilógico. Mamá le toma la mano y, reacomodándose en su silla, interviene.

–Natalia –dice con una voz que se esfuerza por ser dulce–, lo que tu papá quiere decir, es que las cosas fueron muy feas durante la guerra y que, gracias a Dios, no nos pasó nada.

–¿Y Edgardo? –pregunto y alzo la mirada para contemplar el rostro desencajado de papá, cuya boca se abre y estoy segura de que está a punto de vociferar, como siempre hace cuando saco el tema a relucir. –¿Ustedes lo sabían? –pregunto por fin–. ¿Ustedes sabían sobre el tío y se quedaron callados?

Los rostros de papá y de mamá palidecen.

–¿De qué estás hablando, Natalia? –pregunta papá con el rostro crispado.

–Lo leí en los periódicos. Su nombre aparece por todos lados.

–El papel aguanta con todo –dice mamá con voz trémula–. Esas cosas que andan diciendo, Natalia, nadie puede comprobarlas.

–Tu tío era un patriota –agrega papá.

–Entonces sí lo sabían –concluyo interrumpiéndolo, pues sé que va a largarme de nueva cuenta, la historia de cómo unos cuantos salvadoreños valientes se organizaron para defender a la patria del peligro del comunismo–. Por eso mataron a Edgardo –digo sin quitar la vista de sus ojos que me observan con irritación–, y no por su postura política, como siempre han dicho ustedes.

Papá se levanta de la mesa. Mamá lo sigue. Intenta calmarlo. Yo sé que su furia, en verdad, trata de ocultar el miedo. Yo, en cambio, solo siento vergüenza.

LXVII

La paz nos tomó por sorpresa, reventando cuetes y esperando el año nuevo. Con ropa de estreno y con ganas de que llegaran las doce para poder irnos a las fiestas que acababan con el sol, en la casa de amigos o en Mario´s, la única discoteca decente de San Salvador.

Mis padres y los vecinos salieron a la calle y se abrazaron entre sí. Algunos lloraban de alegría. La firma de la paz acababa de ser anunciada por la tele.

Pero nosotros, los jóvenes de entonces, los que por haber crecido con la guerra no conocíamos otra cosa y estábamos acostumbrados a ella, no sentimos nada. Era una paz que no nos conmovía, porque no la esperábamos.

Para nosotros la guerra, que estuvo siempre presente, fue de los que salían en la tele vestidos de camuflaje, de los que jamás veíamos porque estaban en la montaña, en el extranjero o en sus oficinas.

A más de tres mil kilómetros de San Salvador, bajo la bulla de miles de neoyorkinos congregados en Times Square, en el último minuto de mil novecientos noventa y uno, bajo presión diplomática y del secretario general de la ONU, cuyo mandato expiraba a las doce de la noche, se firmó el cese de fuego de uno de los conflictos armados más sangrientos en la historia de Latinoamérica.

El diálogo que desde mil novecientos ochenta y cuatro había comenzado en Chalatenango, entre el gobierno de Duarte y el FMLN, y que había sido interrumpido en innumerables ocasiones por incumplimientos a conveniencia y recrudecimientos de violencia, que hicieron que la guerra se volviera una espiral sin fin, por fin había dado sus frutos.

Con la paz firmada y luego de que cada bando hubiera recibido la cuota de poder que había negociado, tanto el alto mando del ejército como los comandantes guerrilleros, quisieron hacer como si nada hubiera pasado. Seguir debatiendo la guerra, dijeron, sería una discusión estéril. Lo mejor era una ley de amnistía general y hacer como si los más de setenta y cinco mil muertos y los miles de heridos no existieran, como si no fueran su culpa y como si la guerra no hubiera sido una pesadilla de la que nos llevó más de doce años despertar.

El dieciséis de enero de mil novecientos noventa y dos, cuando se llevó a cabo la ceremonia formal de la firma de los acuerdos de paz en Chapultepec, papá decidió que, como era vacación, nos fuéramos de paseo a Guatemala.

Por eso jamás me constó. Por eso el inicio y el final de la pesadilla no están grabados en mi memoria, como sí lo están los hechos que la marcaron como una viruela espantosa.

Al volver, tres días después, ya el tema no era relevante para nosotros y las cosas continuaron siendo, sencillamente, como siempre habían sido.

Epílogo

Pese a que los acuerdos de paz fueron el intento más sólido por eliminar las profundas desigualdades sociales en El Salvador, estos fueron implementados solo parcialmente. Sus efectos reformadores fueron rápidamente bloqueados por la línea dura de la derecha y los militares quienes, pese a haberlos permitido, solo estuvieron dispuestos a cumplirlos en aquellos aspectos necesarios para agradar a la comunidad internacional. La ONU tampoco realizó mayores esfuerzos para hacerlos cumplir y cedió ante las posiciones gubernamentales.

Los cuerpos de represión originales fueron disueltos, muchos de sus miembros siguieron gozando de prerrogativas.

El FMLN, por su parte, se constituyó a finales de mil novecientos noventa y dos como partido político y, luego de las elecciones de mil novecientos noventa y cuatro, llegó a ser la primera fuerza opositora del país. Sin embargo, realizó pocos esfuerzos para reclamar el cumplimiento de lo pactado.

En mil novecientos noventa y tres, una comisión especialmente constituida rindió el Informe de la Comisión de la Verdad, en el que se manifestó que más del noventa por ciento de los crímenes fue cometido durante la guerra por militares y el resto por la guerrilla. También señaló como responsable de la muerte de monseñor Romero al fallecido líder de Arena, Roberto D´Aubuisson, y como culpables por el asesinato de los curas jesuitas de la UCA y sus empleadas, a las Fuerza Armada de El Salvador. Sin embargo, dicho informe fue rechazado por el gobierno de Alfredo Cristiani, quien durante años fue denominado como “el Presidente de la Paz”.

Miles de crímenes quedan aún sin resolver y es posible que nunca lleguen a ser resueltos.

Los combatientes de ambos bandos siguen sin recibir las compensaciones prometidas y hoy día, aún realizan protestas para exigirlas.

Tras veinte años de gobiernos de Arena, el FMLN logró ganar en el año dos mil nueve la presidencia de la República, llevando como candidato a Mauricio Funes quien, casi inmediatamente después de asumir el cargo, se distanció del partido y de su postura reformista. A la fecha, existe un juicio abierto en su contra por enriquecimiento ilícito y Funes ha solicitado asilo político en Nicaragua.

Hoy día las maras, el narcotráfico, el hambre, la migración por falta de empleos y oportunidades o a causa de la violencia, se han convertido en los principales flagelos de la población salvadoreña. Miles de personas siguen siendo asesinadas diariamente en el país más chico de Latinoamérica.